侧耳

有声

到底是上海

侧耳工作室——编

学林出版社

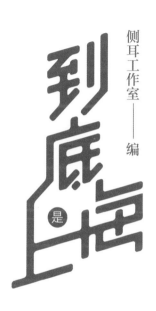

到底是　上海

吟诵上海

奚美娟

我正在苏州外景地拍戏，接到印海蓉的短信，告知我，准备把“侧耳 SH”公众号里推送过的、描写上海城市文化生活的近四十篇散文与小说节选集结成书。她希望我为这本书写一篇短序。我欣然应允。

海蓉在短信里说：这本书“所选作品全在侧耳的公众号里读过……”。这句话忽然打动了我。以往我们的经验，文章或一本书被“读过”，是指被“看过了”的意思，而海蓉所说的“读过”，是充满主动性的动词，主语是海蓉和她的“侧耳 SH”公众号的团队：SMG 的主播们。我理解，是他们通过“侧耳 SH”公众号这一新媒体，用美好的声音对文学作品作了新的演绎，用“听”的形式传递文学。

作为沪上资深知名主持人，海蓉在多年前就和一众年轻的播音同仁们开设了“侧耳 SH”公众号，试图把播音员这个角色从单一的职业定位中解放出来，用她 / 他们的声音语言，去接触和传播更加丰富多彩的文学作品，从而用不同的艺术呈现形式，在自己的专业上博采众长，求同发力，丰富自身。我一向认为，文学为各类艺术之根本，积极朗读、吟诵文学作品，能使播音员主持人的精神丰厚起来。虽然播音员每天的工作岗位只能守着咫尺屏幕，但经过日月积累，胸中也能藏有饱满的社会生活全景；而且通过自我艺术修养与文学赏鉴能力的提升，能反哺主持专业，使其拥有更开阔的视野与边界。这样的文化自觉与学习能力，让我很感动。

其实，我对“侧耳 SH”公众号的文学朗读以及推送的文学作品并不陌生。今天为写这篇序文，我又一次打开公众号，面对窗外，静静听着播音员优美的声音旋律……我微闭双眼，体会着朗读者所表达的对文学作品的理解，她/他们用自己最擅长的语言声音来传播文学作品，而不是平时习惯了的在屏幕前念新闻时政稿件，这让我欣喜地感受到，他们似乎在追求从声音的节奏里放松下来，让情感的韵律流动起来……我想象，这是否有点像一个舞台表演工作者，突然有一天站到了电影镜头面前一样，虽然从事的都是表演范畴的工作，但心理节奏和细微之处的要求可能大相径庭。比如，在舞台上表演，我们讲究的是要有精气神，上场时，会下意识要求自己暗暗提一口气，而在影视镜头面前表演就不会这样，往往需要的是更自然放松的境界，应该做到使自己松一口气的状态。这是两种不同的进入表演的方式，听着容易其实要做好却很难。我猜想播音主持的专业要求，是否和表演专业有异曲同工之处，比如在屏幕前播报新闻稿件时，播音员的精神状态会直接影响受众的心理感知以及对播报内容的准确理解，所以播音员在屏幕前播报时，声音和语言状态就像我们需要在舞台上提一口气的表述；而播音主持们在录音棚的话筒前吟诵朗读，并不是在屏幕前与受众直接交流，所诵读的也不是新闻稿而是文学作品，那个状态属艺术创作范畴，是越松驰越好的，这个时候，他们面前的话筒有点像电影镜头，表演者需要在它面前松一口气，才能让声音语言展开艺术想象的翅膀，自如地飞扬起来。就在刚才一会儿，我独自坐在窗前欣赏“侧耳SH”公众号里的朗读作品，当我听到一段主播用沪语诵读程小莹的《初恋》片段，那些描述上海人家过年时的语言文字，语意清晰，音色温软，被解读的真像要轻轻飞起来了一样，那年糕，那蛋饺，那许许多多的美味佳肴，充满了过年的欢乐，新年的滋味！我想，我的这个感受，是朗读者直接传递给我的。这让平面的文字，通过诵读，立体地跃入我的心田。

这是一本诵读上海的书。许多人曾经迷恋上海，羡慕上海，甚至带着淡淡的复杂心情，远远近近地观望着上海。但是对于

SMG 的主播们来说，上海是他们常年工作、生活的地方，有着细腻而充满质感的日常氛围。上海的一江一河，一条弄堂，一个广场和一幢商贸，都是构成城市文化的基石。朗读吧，书中自有黄金屋，朗读吧，书中自有颜如玉。“侧耳 SH”公众号的推介，给了我们一个新的另类的传播渠道，去听一听这“黄金屋”里的大小故事，解开这座城市颜如玉般的层层面纱。

上海是一座伟大而了不起的城市，相信它将继续立于时代潮头，以新的姿态让人们不断听到有关这座城市的吟诵。

写于 2022 年 4 月 8 日 苏州外景地

content
目 录

reader
朗读者

▶▶ 王　幸

▶▶ 叶子龙

▶▶ 臧　熹

▶▶ 印海蓉

▶▶ 舒　怡

▶▶ 朱亚南

▶▶ 朱亚南

▶▶ 徐惟杰

只有淮海路是想要记住的马路吗？

content
目录

这一夜，苏州河上的烟雾如此迷离

reader
朗读者

▶▶ 舒　怡

▶▶ 徐惟杰

▶▶ 邢　航

▶▶ 臧　熹

▶▶ 臧　熹

▶▶ 印海蓉

▶▶ 施　琰

▶▶ 高　嵩

▶▶ 金　涛

▶▶ 雷小雪

▶▶ 袁　鸣

content
目录

reader
朗读者

▶▶ 印海蓉

▶▶ 袁　鸣

▶▶ 施　琰

▶▶ 朱佳伟

▶▶ 李吟涛

▶▶ 邢　航

▶▶ 黄　浩

▶▶ 雪　瑾

▶▶ 叶子龙

▶▶ 雪　瑾

光明邨的风与味之间

content
目录

reader
朗读者

▶▶ 雷小雪

▶▶ 施　琰

▶▶ 陶　淳

▶▶ 袁　鸣

▶▶ 王　幸

▶▶ 徐惟杰

▶▶ 陈　璇

▶▶ 陶　淳

▶▶ 王　幸

▶▶ 李吟涛

▶▶ 黄　浩

她和你一起奔波在这个城市的雾霾里

只有淮海路是想要记住的马路吗？

春天的淮海路总是很好的，风有时候冷，有时候暖，心里面是空荡荡的开心。

——周嘉宁

弄堂

王安忆

王安忆，作家，文学家。著有小说《纪实与虚伪》《长恨歌》等。《本次列车终点》获全国优秀短篇小说奖；《流逝》《小鲍庄》获全国优秀中篇小说奖；《长恨歌》获第五届茅盾文学奖；《发廊情话》获第三届鲁迅文学奖。

▶▶ 王幸

侧耳有声

站一个制高点看上海，上海的弄堂是壮观的景象。它是这城市背景一样的东西。街道和楼房凸现在它之上，是一些点和线，而它则是中国画中称为皴法的那类笔触，是将空白填满的。当天黑下来，灯亮起来的时分，这些点和线都是有光的，在那光后面，大片大片的暗，便是上海的弄堂了。那暗看上去几乎是波涛汹涌，几乎要将那几点几线的光推着走似的。它是有体积的，而点和线却是浮在面上的，是为划分这个体积而存在的，是文章里标点一类的东西，断行断句的。那暗是像深渊一样，扔一座山下去，也悄无声息地沉了底。那暗里还像是藏着许多礁石，一不小心就会翻了船的。上海的几点几线的光，全是叫那暗托住的，一托便是几十年。这东方巴黎的璀璨，是以那暗作底铺陈开，一铺便是几十年。如今，什么都好像旧了似的，一点一点露出了真迹。晨曦一点一点亮起，灯光一点一点熄灭。先是有薄薄的雾，光是平直的光，勾出轮廓，细工笔似的。最先跳出来的是老式弄堂房顶的老虎天窗，它们在晨雾里有一种精致乖巧的模样，那木框窗扇是细雕细做的；那屋披上的瓦是细工细排的；窗台上花盆里的月季花也是细心细养的。然后晒台也出来了，有隔夜的衣衫，滞着不动的，像画上的衣衫；晒台矮墙上的水泥脱落了，露出锈红色的砖，也像是画上的，一笔一画都清晰的。再接着，山墙上的裂纹也现出了，还有点点绿苔，有触手的凉意似的。第一缕阳光是在山墙上的，这是很美的图画，几乎是绚烂的，又有些荒凉；是新鲜的，又是有年头的。这时候，弄底的水泥地还在晨雾里头，后弄要比前弄的雾更重一些。新式里弄的铁栏杆的阳台上也有了阳光，在落地的长窗上折出了反光。这是比较锐利的一笔，带有揭开帷幕，划开夜与昼的意思。雾终被阳光驱散了，什么都加重了颜色，绿苔原来是黑的，窗框的木头也是发黑的，阳台的黑铁栏杆

静安别墅轶事 ——

却是生了黄锈，山墙的裂缝里倒长出绿色的草，飞在天空里的白鸽成了灰鸽。

上海的弄堂是形形种种，声色各异的。它们有时候是那样，有时候是这样，莫衷一是的模样。其实它们是万变不离其宗，形变神不变的，它们是倒过来倒过去最终说的还是那一桩事，千人千面，又万众一心的。那种石库门弄堂是上海弄堂里最有权势之气的一种，它们带有一些深宅大院的遗传，有一副官邸的脸面，它们将森严壁垒全做在一扇门和一堵墙上。一旦开进门去，院子是浅的，客堂也是浅的，三步两步便走穿过去，一道木楼梯在了头顶。木楼梯是不打弯的，直抵楼上的闺阁，那二楼的临了街的窗户便流露出了风情。上海东区的新式里弄是放下架子的，门是镂空雕花的矮铁门，楼上有探身的窗还不够，还要做出站脚的阳台，为的是好看街市的风景。院里的夹竹桃伸出墙外来，锁不住的春色的样子。但骨子里头却还是防范的，后门的锁是德国造的弹簧锁，底楼的窗是有铁栅栏的，矮铁门上有着尖锐的角，天井是围在房中央，一副进得来出不去的样子。西区的公寓弄堂是严加防范的，房间都是成套，一扇门关死，一夫当关万夫莫开的架势，墙是隔音的墙，鸡犬声不相闻的。房子和房子是隔着宽阔地，老死不相见的。但这防范也是民主的防范，欧美风的，保护的是做人的自由，其实是想做什么就做什么，谁也拦不住的。那种棚户的杂弄倒是全面敞开的样子，牛毛毡的屋顶是漏雨的，板壁墙是不遮风的，门窗是关不严的。这种弄堂的房屋看上去是鳞次栉比，挤挤挨挨，灯光是如豆的一点一点，虽然微弱，却是稠密，一锅粥似的。它们还像是大河一般有着无数的支流，又像是大树一样，枝枝杈杈数也数不清。它们阡陌纵横，是一张大网。它们表面上是袒露的，实际上却神秘莫测，有着曲折的内心。黄昏时分，鸽群盘桓在上海的空中，寻找着各自的巢。屋脊连绵起伏，横看成岭侧成峰的样子。站在制高点上，它们全都连成一片，无边无际的，东南西北有些分不清。它们还是如水漫流，见缝就钻，看上去有些乱，实际上却是错落有致的。它们又辽阔又密实，有些像农人撒播然后丰收的麦田，还有些像原始森林，自生自灭的。它们实在是极其美丽的景象。

上海的弄堂是性感的，有一股肌肤之亲似的。它有着触手的凉和暖，是可感可知，有一些私心的。积着油垢的厨房后窗，是专供老妈子一里一外扯闲篇的；窗边的后门，是供大小姐提着书包上学堂读书，和男先生幽会的；前边大门虽是不常开，开了就是有大事情，是专为贵客走动，贴婚丧嫁娶的告示的。它总是有一点按捺不住的兴奋，跃跃然的，有点絮叨的。晒台和阳台，还有窗畔，都留着些窃窃私语，夜间的敲门声也是此起彼落。还是要站一个制高点，再找一个好角度：弄堂里横七竖八晾衣竹竿上的衣物，带有点私情的味道；花盆里栽的凤仙花、宝石花和青葱青蒜，也是私情的性质；屋顶上空着的鸽笼，是一颗空着的心；碎了和乱了的瓦片，也是心和身子的象征。那沟壑般的弄底，有的是水泥铺的，有的是石卵拼的。水泥铺的到底有些隔心隔肺，石卵路则手心手背都是肉的感觉。两种弄底的脚步声也是两种，前种是清脆响亮的，后种却是吃进去，闷在肚里的；前种说的是客套，后种是肺腑之言，两种都不是官面文章，都是每日里免不了要说的家常话。上海的后弄更是要钻进人心里去的样子，那里的路面是饰着裂纹的，阴沟是溢水的，水上浮着鱼鳞片和老菜叶的，还有灶间的油烟气的。这里是有些脏兮兮，不整洁的，最深最深的那种隐私也裸露出来的，有点不那么规矩的。因此，它便显得有些阴沉。太阳是在午后三点的时候才照进来，不一会儿就夕阳西下了。这一点阳光反给它罩上一层暧昧的色彩，墙是黄黄的，面上的粗砺都凸显起来，沙沙的一层。窗玻璃也是黄的，有着污迹，看上去有一些花的。这时候的阳光是照久了，有些压不住的疲累的，将最后一些沉底的光都迸出来照耀，那光里便有了许多沉积物似的，是黏稠滞重，也是有些不干净的。鸽群是在前边飞的，后弄里飞着的是夕照里的一些尘埃，野猫也是在这里出没的。这是深入肌肤，已经谈不上是亲是近，反有些起腻，暗底里生畏的，却是有一股蚀骨的感动。

上海弄堂的感动来自于最为日常的情景，这感动不是云水激荡的，而是一点一点累积起来。这是有烟火人气的感动。那一条条一排排的里巷，流动着一些意料之外又情理之中的东西，东西不是什么大东西，但琐琐细细，聚沙也能成塔的。那是和历史这类概念无关，连野史都难称上，只能叫作流言的那种。流言是上海弄堂的又一景观，它几乎是可视可见的，也是从后窗和后门里流露出来。前门和前阳台所流露的则要稍微严正一些，但也是流言。这些流言虽然算不上是历史，却也有着时间的形态，是循序渐进有因有果的。这些流言是贴肤贴肉的，不是故纸堆那样冷淡刻板的，虽然谬误百出，但谬误也是可感可知的谬误。在这城市的街道灯光辉煌的时候，弄堂里通常只在拐角上有一盏灯，带着最寻常的铁罩，罩上生着锈，蒙着灰尘，灯光是昏昏黄黄，下面有一些烟雾般的东西滋生和蔓延，这就是酝酿流言的时候。这是一个晦涩的时刻，有些不清不白的，却是伤人肺腑。鸽群在笼中叽叽哝哝的，好像也在说着私语。街上的光是名正言顺的，可惜刚要流进弄口，便被那暗吃掉了。那种有前客堂和左右厢房的房子里的流言是要老派一些的，带薰衣草的气味的；而带亭子间和拐角楼梯的弄堂房子的流言则是新派的，气味是樟脑丸的气味。无论老派和新派，却都是有一颗诚心的，也称得上是真情的。那全都是用手掬水，掬一捧漏一半地掬满一池，燕子衔泥衔一口掉半口地筑起一巢的，没有半点偷懒和取巧。上海的弄堂真是见不得的情景，它那背阴处的绿苔，其实全是伤口上结的疤一类的，是靠时间抚平的痛处。因它不是名正言顺，便都长在了阴处，长年见不到阳光。爬墙虎倒是正面的，却是时间的帷幕，遮着盖着什么。鸽群飞翔时，望着波涛连天的弄堂的屋瓦，心是一刺刺的疼痛。太阳是从屋顶上喷薄而出，坎坎坷坷的，光是打折的光，这是由无数细碎集合而成的壮观，是由无数耐心集合而成的巨大的力。

复兴公园

孙甘露

孙甘露，作家，上海市文联副主席、上海市作协副主席、华东师范大学中国创意写作研究院院长。著有长篇小说《千里江山图》《呼吸》，中短篇小说集《时间玩偶》，随笔集《我又听到了郊区的声音》《时光硬币的两面》，访谈录《被折叠的时间》等。

▶▶ 叶子龙

侧 耳 有 声

当我年少时，复兴公园和西区的其他一些娱乐地标一样，意味着上海市民殷实生活的某种心理依赖，但是它离我所居住的郊区营房遥远而又隔膜，在我的想象中回荡着一种业已消散的旧时生活的微弱回声。

岁月流逝，当我偶然在园中穿行，那些零散的片段观察，还是踊跃地唤起我的联想。那几处在夜晚耀人眼目的场所，在阳光下，不动声色地将自己遮掩起来，与公园的浓荫浑然一体，似乎毫无暧昧之意；那些隐匿处的奢华缱绻或可一见，在它的反面，白日的时光，闲逛的游人，无所事事地闲坐在斑驳的白色长椅上，大约忽略了寄存于扶手的精致雕花间的繁复记忆。

左近，马恩雕像在参天绿荫的环绕下，予人更多友谊的追思；身后的儿童乐园照例传来阵阵嬉闹声，草地因割草机的工作散发出更强烈的清香。午后的公园容易助长某些人懒散、爱遐想、沉溺于那些转瞬即逝的小细节的毛病；有时你也质疑，倾心于自然平凡的事物，安宁是否如期而至？在闲暇荣升为奢侈品的今天，休憩已经变成难得的盛宴。

回溯的话，20世纪初，这块农田曾经被租借作为法国兵营，如今那些夜晚的饮酒者，也许还会于不经意间闻到士兵小心藏匿的白兰地的香味。

这白天的宁静和夜晚的放纵亲密共存的园子，表现了法国古典园林规整的中轴线，雍容的沉床花坛，茂盛的梧桐、椴树和枫香，兼具中国园林风格的山石溪瀑曲径小亭。而最终，是时光以人们难以触抚的肌体从园林间泰然穿梭，从园林工匠的指间流逝，以人们难以企及的姿态呈现于世。

与别处一样，园内的旋转木马拆了又装，周遭高楼拔地而起，世事更替，租界年代只允许法国侨民进入的园子，此刻由一把沙哑的胡琴将记忆唤醒；一些老年人高亢地合唱着，一些年轻人旁若无人地躺在草地上享受阳光，更多的老人在浓密的树荫下分组对弈。这些随处可见的公园景象，并不时时使人深思；生活也许正是像它表面所显现的那样，了无深意或者意味深长。

无疑，这所公园所处的区域，已然是上海繁华生活的中心之一，是众人急切探访的焦点所在。人们在此寻梦，置业，借此勉力展开未来的生活，饱含着更多的期许和渴望。更多的故事将被后人记取或者遗忘，如同这所公园的故事，在它宁静的树荫之下，感情奔涌。

所以我们还是年轻的模样

毛尖

▶▶ 藏熹

侧耳有声

毛尖，作家，华东师范大学教授。著有《凛冬将至：电视剧笔记》《非常罪，非常美》《例外》《有一只老虎在浴室》《慢慢微笑》《乱来》《一寸灰》《夜短梦长》等。

1988 年来上海读大学前，我一直待在宁波，虽然寒假会跟父母到上海看爷爷奶奶，但主要性质是旅游。小时候爷爷带我到国际饭店，我上上下下电梯坐了有十来趟，回到宁波跟邻居小朋友反复炫耀，让姐姐鄙夷了一句：那你别回来啊。

家是要回的，但是天天黄昏天天清晨，听着几百米外轮船码头的汽鸣声，想着又一船人出发去上海，又一船人从上海回来，会莫名地觉得，上海就是宁波的亲人。

应该就是亲人吧。一半上海人祖上有一个宁波人，我到华东师大上学当晚跑学校后门用宁波话买小馄饨，阿姨很亲切地叫我“小宁波”，她看我狼吞虎咽完馄饨，转手送了我一个生煎，说，吃饱就不想家了。那个生煎我低头吃了很久，直到眼泪干了才抬头对阿姨说谢谢。但并不是所有的外地人在上海会被馈赠到一个生煎，我们宿舍的云南同学买回来的脸盆就比我贵了一块钱，她喝着上海的热水，生气地说，一股味道。

不过，无论是暖心还是重口，我们后来都选择留在了上海。这个被叫成“魔都”的都市，确实有她的魔性。

像天钥桥路，就是一条魔法街。2000 年，我从香港读完博士，回到上海，住到了徐家汇最热闹的地方。外国朋友来找我，常常会比约定的时间晚到，因为他们被天钥桥路上川流不息的人群吸引了，像萨宾娜就会激情地说，我今天在这条街上看到的人，比我在托皮卡一年看到的人都要多。我想她大概没夸张。在天钥桥路住了三年，每天中午，我在美罗城门口看到的必胜客顾客队伍，真的是全世界最长的。三年，我们楼下的店铺至少换了二十个老板，常常，这一周卖玩具，下一周卖炊具，周五回家还是卖时装的，周六下去在卖鸭脖子了。它们像是这个城市的快闪演

大千美食林 ——

员，在我们试图洞悉他们的秘密前，消隐人间。而晚上的天钥桥路会有更多的快闪秀发生，卖栀子花的阿婆边上，有一个年轻女人拎着篮子，里面是几只萌到你融化的小猫小狗，隔十来米，有中年男人在卖外文书，中年女人在卖长筒袜，这是七点钟。等到九点的时候，年轻女人和中年男人和阿婆都消失在人海茫茫，在他们的位置上，大学生模样的男孩在那里弹唱他自己的歌，“不要告诉我你还在乎我”，你往他的吉他盒里扔钱或不扔钱，他都不会多看你一眼。

这是上海，这个城市混合了热情和冷漠，世故和呆萌，在我们茫茫然冲入“魔都”时，我们被它大开眼界被它伤害甚至背叛，但它偶尔也会被我们打动，显灵般地向我们展示特别抒情的一面。就像这个冬天，下了整整一个月的雨，我们对面的小理发店门口，晾满了毛巾和员工衣服，每次我们走过，老板就会垂头丧气地说一句，“再不出太阳，没毛巾用了”，然后，终于，今天上午，太阳出来，老板坐在理发店门口，看阳光把香味送入每一块毛巾，看他的理发师和洗发姑娘在那里吵着甜蜜的架，“寒假我是绝不会跟你回家的！”一切，都是幸福的模样。

这是上海。在这个地方，你不会老去。所以，虽然我妈妈一直觉得我在上海很辛苦，觉得上海的生活质量不如宁波，海鲜是冰冻的，鸡鸭鹅都是冰冻的，但是，每次，她还是会由衷地说，不过你在上海挺开心吧？我没脸对妈妈说是的，我在上海挺开心的，因为上海，就像侯麦电影中说的，你站在淮海路衡山路思南路上，你遇到的人，都比你年轻，你会觉得，自己也跟他们一样年轻，有力气去经历生活经历危险，有力气怀着初恋般的元气再出发，就像歌里唱的，“因为爱情，怎么会有沧桑，所以我们还是年轻的模样”。

这是上海。这个城市还在经历她漫长的青春期，而我们有幸和她一起成长，“我熟悉你的每一道纹理，你了解我的诗行”，这样清澈的人生，该是人和一个城市能展开的最好相遇吧。

初恋（节选）

程小莹

▶▶ 印海蓉

侧耳有声

程小莹，小说家。著有长篇小说《女红》《男欢女爱》等，长篇非虚构文学《张文宏医生》《白纸红字》《带球突破》等，中短篇小说《温柔一少年》等。

人行道是我们的主要走道，“走上街沿”是大人经常的关照；这种习惯一直延续下来，在与大人一道出去的时候，大人会走在靠左边的一侧；后来谈恋爱的时候，习惯让女朋友走在右边的内侧。

我们开始会穿弄堂，知道很多近路，一般的弄堂至少会有两个出口，分为前弄堂、后弄堂，有的大弄堂半当中会有支弄堂通向隔壁的弄堂；一只弄堂进去，从边上的口子穿出来就是另外一条马路；有时候一条弄堂接着一条弄堂穿，出来就是自己的弄堂口了，有着别有洞天的感觉。这很要紧的。经常要跟人打架，要逃，必须要晓得死弄堂活弄堂，一股脑钻进死弄堂里，就死路一条。

我一直保持着这种穿弄堂的习惯，到了一个新的工作环境和生活环境，我会很快晓得附近的弄堂，从这里进去到那里出来；后来发展到穿新村，穿公园，穿商店，穿医院，穿学校，穿工厂。那些地方往往横跨几条马路，从前门进去到后门出来，可以省略许多转弯抹角。

荡马路的习惯也随之形成。荡马路可以看见许多新鲜的事儿，奇特的、好笑的、莫名其妙的都会在马路上发生。天暴热的时候，有的人穿着长袖子便会感到滑稽；早上下雨下午天好了，马路上穿着套鞋拿着雨伞的人一定是下班回来的；小菜场回来的女人，一路上就在剥香莴笋的叶子，她们将叶子随手扔在小菜场的地上，因为地上本来就一塌糊涂，没感到有什么不对，出了小菜场再扔，就感到是真正的“随手扔垃圾”；路边人家的小孩在门口一边剥毛豆，一边在望野眼，剥着剥着将毛豆壳放进碗里毛豆掼在畚箕里；一个穿着睡裤的女人刚刚午睡好脸上留着席子的印痕；路边的路牌上总归被人搭着拖把、旧自行车轮胎什么的；外地人看地图、看站牌、看门牌号头很起劲，像煞很有文化；所有的门牌都是深蓝色底和白

字；晾着的一条女人裤子是用十字衣架撑开的，风吹过来裤子鼓起来，像是一个女人的整个丰满下身；突然下雨的时候便往商店里逃，还有电影院门口，总归会有个雨棚；要想知道时间可以到学校门口去，那儿的门房间里总归会有电钟的；钟表店里也会有一个钟是最准的，别的钟都是瞎七搭八；还可能捡到钱，有许多拾金不昧的说法，都是起始于路上……

只有淮海路是想要记住的马路吗？

（节选）

周嘉宁

▶▶ 舒　怡

侧　耳　有　声

周嘉宁，作家，翻译。著有长篇小说《荒芜城》《密林中》，中短篇小说集《基本美》《浪的景观》等。

很可惜，我和小五认识的那一年人民广场的大屏幕已经不再使用，等到夏天则被完全拆掉。我从没有在大屏幕下面约见过任何男生，小五却在那里用借来的手持摄像机拍了第一个录像作品。粗糙暴力，青春温柔。

但是里面那个好看的小姑娘是谁啊？

哦，那是上外的小姑娘嘛。小五非常得意地说。

上外的小姑娘真的有那么好看吗？

春天的淮海路总是很好的，风有时候冷，有时候暖，心里面是空荡荡的开心。橱窗很好看，都是买不起的东西。偶尔吃一次屋企汤馆也觉得非常好吃。但是总可以在国泰电影院旁边的小窗口买两个热烘烘的蛋挞，再回到浦东一起看动画片直到天亮。

我和小五有段时间常常从淮海路拐到 Y 与 C 的家里去玩，我们在一起做过些什么几乎全部忘记了，但是真的吃遍周围所有便宜好吃的餐厅。

对面那间简陋的日本料理，一百多块钱的放题。生意一直很好，二楼有油腻腻的榻榻米座，尽管生鱼片常常带着冰渣，鱼头也会烤过头，但是清酒啊什么也都是敞开喝。

啊，还有新乐路上我们最爱的博多新记，食堂般的存在！一份沙姜鸡，一份烧鹅，例汤和梅菜蒸肉饼是标配。在第一间翠华还没有开过来的很长一段时间里，那里的生意都好到要排队。我们拿着号，坐在门口的小凳子上聊天。吃啊吃，就碰到认识的朋友。它现在也已经关掉了。其实也没有搞明白，为什么很多店，生意很好，以为有生之年都可以随时带朋友去吃，但其实都关掉了。

那时整个上海的排水系统都很差，夏天一来台风便淹水。但我们都没有什么可担心的事情，时间也仿佛过得很慢，仿佛已经过了几个小时，说话说到山穷水尽，雨停了，天却竟然还没有黑。

曲阳路 ——

天空是少年时代常见的清澈的白，空气潮湿，有强烈的青草气味。经过两棵被风吹断的大树，骑车的时候也仿佛是跋山涉水。交通从漫长的瘫痪中恢复还需要时间，人们想出各种蹚水回家的方式，失去秩序的所有人在混乱中却获得了短暂的自由！

前几天走在淮海路上，突然强烈地意识到自己走在淮海路上，便走到长春食品公司买了几只鲜肉月饼和一点杏仁排。鲜肉月饼不按照季节供应总觉得不太对，而且我差点忘记这里的鲜肉月饼根本比不过秋霞阁，甚至比不过家门口菜场里的沈大成。但是热烘烘油乎乎的装在牛皮纸袋里还是制造出不错的幻象——安全和舒适。

2007 年 12 月 31 日。我和朋友们说好，从北京回来过新年。

到了晚上十一点多，微微提议开车出去兜个风。我们跳上车，也没有什么目的地，于是便开去了淮海路看灯。淮海路上很堵，车几乎一动不动，可能有很多人要去新天地倒计时跨年。但是我们漫无目的，也不着急。两旁的树上都挂着灯，也不是俗气的颜色和形状。天气一点也不冷，我们开着两边的车窗，放陈升的歌。周围是让人拼命想置身其中的热闹气氛，好看的年轻人，闪闪发光的橱窗。美好到让人不由伤感地担心失去。我也好，微微也好，我们当时只希望能够拥有一切美的东西或者时刻。是具具体体的愿望，既天真又高级，胜过之后所有的野心勃勃。

何时能找回那份行走的殊荣

王国伟

▶▶ 朱亚南

侧耳有声

王国伟，同济大学教授、博士生导师；上海戏剧学院客座教授；知名出版人；城市、艺术、媒体批评学者。著有《城市化的权利傲慢》《城市微空间的生与死》等。

2013年上海百年不遇的酷热，至今让人想起还产生恐怖的感觉，所以媒体关于上海2013年林荫道创建结果的新闻，备受人们关注。据说，申城的林荫道总量已达111条，并完成了创建“百条林荫道”的阶段性目标。我不知道申城绿化部门所称的“林荫道”是什么概念？是否种上行道树就算是林荫道了？

关于林荫大道，韦氏词典有如下解释：“一条宽敞的街道，其布局方式富于装饰，手法郑重，特别是道路中设有停车场。”显然，解释富有深刻的含义，而且很具体。而弗朗索瓦·路耶的定义似乎更具体：“林荫大道并不是一条单独的道路，而是三条具有明显区别的通道——两条人行道以及车行道本身——它们彼此之间由树列分隔开来。”上述的两个权威定义中，关于林荫大道的道路功能和物理形式的表述非常明确，其重点是突出人行的本质。说明白点，林荫大道就是供人散步、休息娱乐的地方。我们再从林荫大道发展实践的历史过程来看，1670 年的巴黎，由 11 段旧城墙连接的散步道，可以说是早期林荫道的雏形。19 世纪以后，随着工业革命带来的交通和通信的发展，人们的交流交往需求日盛和逐步扩展，欧洲进入了林荫大道建设的成熟发展期。但人车分流的前提，依然是强调和突出人行走的权利。甚至在林荫大道发展最为成熟和完善的法国，林荫大道直接被尊称为公园大道，其赞美悠闲之意不言而喻。显然，极具现代性意义的林荫大道，不仅仅是一条宽敞的大道，它是“通过宏伟庄严的气氛强调，唤醒了对尺度和形式的追求”。它是以人为本，遵从文化和设计的基本规范，为整个城市提供基本的结构框架，为大众提供理解城市和融入城市的基本平台。而上述所有权威阐释中，都未提及种树一事，可见在国际性常规思维逻辑中，行道树是每条道路都应有的必备要素和前提，但肯定算不上建构林荫大道的核心要素。

林荫大道发展和成功的历史经验一再证明，只有建构在人的尊严感之上的人性化设计和人性美化，才能够给人带来最亲切的感受，才能形成人的日常生活的空间意义，才是人们随意散步，可以得到功能性、舒适感的多层次满足的地方。如果按此标准，世界上能被称为优秀的林荫大道并不太多。阿兰·B. 雅各布斯曾在《伟大的街道》中，给我们列出的标杆性林荫大道有四个：西班牙巴塞罗那的格拉西亚大道，法国的米拉博林荫大道、蒙田大道和圣米歇尔大道。雅各布斯还进一步从规划、建筑及相关专业的技术层面和文化层面，对这四个他推崇的典型样本，做了十分有说服力的解读。从道路的宽窄比例、人行道与车行道的分隔方式及位置安排、树木的种类和多层次种植方式、街道两边的商业和休息场所等，都做出了具体和量化的说明。

我曾经去过雅各布斯最为推崇的西班牙巴塞罗

那的格拉西亚大道，并在那条林荫大道体验过行走的乐趣，能收获一份行走的激动，是我当时的真实感受。大道不但道路宽敞，林木错落有致，间隔距离适当，树木高低有层次。关键是这条大道还拥有世界顶级艺术大师高迪的艺术资源，艺术家深度介入大道的设计和建设，使得大道能用足高迪怪异而不失合理的各种独特的艺术元素。行走在这条富有艺术感觉的大道上，我们既能随意看到基本的建筑走势和流畅的天际线，也能随心感受到街道所有的美好细节。高迪的米罗公寓和巴特尤之家，以及普伊居·依·卡塔尔法尔契设计的阿马特耶之家是体现这条大道建筑风格的地标，也是整个大道建筑群体的艺术定位和品位的标示物。与大道建筑风格和艺术定位相一致的是，十分精致完美的细节安排和设计，而正是这些细节，才真正跟人发生日常关系，也才让人产生美好的感觉。人行道上的地砖，“铺地纹样是高迪设计的六角形地砖，彼此连接组成奇妙的三维图案，每一处都形成了各种窝漩或植物叶片的形式，共同形成了一幅更大面积的图案，在阳光下呈柔和的蓝灰色，雨水打湿后变成蓝绿色”，非常神奇。更为精致的是，这条大道至少设计了四种照明灯具，第一种是充满现代感的“眼镜蛇灯”的高杆灯，主要是供行车照明，灯具涂橄榄色油漆，以弱化近距离视野感觉，不对行人产生光源干扰；“其次是 33 到 60 英尺间距，以古老、经典、独立的风格的灯具，灯座高度约 12 到 14 英尺，安装在人行道一侧的树列之间，微弱而柔和的光芒，专为街头行人照明”；而每到街角或十字路口，就采用世纪之交非常流行的装饰主义风格的灯具，以彰显灯光和灯具组合产生的适度炫耀；而最具特点的是高迪设计的，“一种卷曲的、植物纹案、错综复杂的风格灯具，以高低两个层次分别安装在街上”，高的服务于车辆，低的则服务于街上行人，其风格还与人行道上的有规则的双人座椅和长形环椅形成风格上的呼应。显然，一切构思和设计的原点，都离不开满足人们行走、漫步、休息的基本需求，也建构了世界独有的林荫大道景观。在所有的林荫大道上，车与人是要严格分流的，分流的原则是为了人的安全行走，车辆应受到限速、限量，甚至限行的严格约束。因此格拉西亚大道不仅是行走的大道，而且还衍生成为朋友聚会和恋人见面的重要公共场所。

而法国巴黎的蒙田大道，是雅各布斯推崇四条大道中空间最为窄小、长度也最短的大道，曾被称为迷你版的香榭丽舍大道。它是从一条乡村小径发展而来，宽度只有格拉西亚大道的一半，长度仅有600多米。但就是这条狭小街道，依然创造出街道的优雅和迷人的气质。其十分对称、亲切、优雅的特点构成的典型样本价值，特别适合作为当今许多城市林荫道改造升级的参照。

显然，无论是西班牙巴塞罗那的格拉西亚大道，还是法国的蒙田大道，都是在努力建构物质空间与人的良好关系上做足文章。城市是人类交流、交往需求产生的特殊空间，社交的基本形式是行走。适度距离的行走，才能看清路人的表情和体态，才能体会到置身人群中的乐趣。只有在步行中，才能最大程度融入城市环境，与商店、住宅、自然环境亲近，与人进行亲密的交流，才可以散步、停留、会朋友。可以看与被看的林荫大道，步行就是最重要的活动方式，社交就体现在不断的行走中。林荫大道要成为既不拥挤，又不孤单，还要让人产生安全感的公共场所，需要科技和人文的综合考量和建构。

林荫大道的基本功能和使用价值是让汽车和人的顺利通过，汽车和人的这种基本权利都要得到保障。但道路是为人设计的，大量的人性密码和信息凝聚的附加值，体现方式就是使人的行走变成愉悦的过程。

这种复杂而有序的空间建构，需要技术和人文的复合思考和思想的有效注入。道路的分级和分层，汽车快速道、慢速道和停车道、人行道、休息道的合理配置；树木和绿化植物与之的合理配比，悬铃木、灌木丛等，高低层次和色彩层次，构成的物理和审美的层次感；树冠的间距，树干的距离构成合适的空间感，并形成一道透明但却是真正有隔绝作用的藩篱，将人行通道与车行通道有效分离；树木的分叉起始点应该有相对高度，并构成合适的距离，进而形成树影的斑驳影像，闪烁的光影之下，应有距离设置座椅，形成一个个错落有致的绿化吧；与人流量控制和行走速度相关并构成柔性调节的，则是两边的商业设置和休息设备，比如咖啡店、书店及时尚小品点，树影和灯光的斑驳和商店透明的橱窗友好地向路人发出邀请，对路人产生吸引的特殊效果。这种道路空间的合理性与紧凑感的建立，才能使人产生流连忘返，不愿很快走完全程的街道滞留意识。

而技术和人文水准的更高水平的考量，是艺术和审美的。如巴黎街道物质和人文环境塑造的天然和谐感。灰色的石板和建筑物构成人行道灰色或无色的基调，路灯、公寓栏杆等黑色铸铁，加上遮阳百叶、照明灯光和霓虹灯的白色，黑、白、灰三种颜色成为街道物质性载体的色彩基调。这是大自然中的最基本、最沉稳、最深刻的颜色基调，再点缀以七叶树、悬铃木等行道树的自然色彩，就像一幅环境画面，形成自然背景，等待着人的出场——当一个个美人，她们的朱唇、美发、颜色鲜艳的服装，就显得十分的靓丽，这完全是一个高度精密的设计和安排的林荫大道的迷人风景。当然，从色彩学上看，天空蓝和树木绿，可以使人心情平静。这种想象的美学思考和丰富的大道实践，催生出街道美学的基本框架。

令人遗憾的是，进入20世纪后，以北美地广人稀为基本条件，发轫于美国式汽车轮子下的大道模式，疯狂地在全世界复制，并使得传统的林荫大道风格的延续被中断。轮子下的道路，从四车道、六车道到现在的十二车道，完全成为机器的跑道。除了交通拥挤、能源浪费、排放过度等社会环境问题之外，不少道路的去行走化趋向，已产生了一定的负面效应。现实让我们不得不再次面对和反思林荫大道的传统。我还真无法判断和认同国内有哪条算得上是真正的林荫大道。上海浦东世纪大道的宽度和空间感，其先天条件足以成就一条现代化的林荫大道，但最终还是矮化在商业利益之下，成了汽车的专有通道，完全跟人行走没有关系。而且，路的两边全是高大而冷漠的商务楼，压迫性的体量和建筑风格，完全拒人于千里之外，与行人产生了巨大的隔膜感。

在传统的城市空间建设和转型当口，我们是接续林荫大道的传统，尽可能把行走的权力还给大众，还是继续车轮下的道路，渐行渐远？我们是进一步规范汽车和行人各自的行为模式，寻求车和人和谐行走的解决方案，还是在加斯东·巴什尔的“空地的幻想”下，继续幻想下去？

当然，人类与绿树有着共生的命运，因此，林荫大道尽管有诸多元素构成，但我们还是以“林荫”这个符号命名。但林荫大道曾拥有的浓厚的艺术趣味和人性化的关怀，仍然让我们十分怀念那份行走的殊荣。

长乐路：表达的难度（节选）

汗漫

▶▶ 朱亚南

侧耳有声

汗漫，作家。著有《一卷星辰》《南方云集》《在南方》等。

长乐路上各个花园或弄堂内部，大都种植身材修长的玉兰树、水杉，在有限空间里，向高远表达礼赞。路边，则是一棵又一棵阔大粗壮的法国梧桐树，大多有了上百年树龄。临街房屋内的人，从一楼到二楼、三楼、四楼，爱着街道边同一棵树，各自从根部爱到树梢。走出家门，在路边仰头，他们才能完整把握一棵树的结构和感染力。

门内的人，来来去去，生生死死，路边的树，则一动不动，供那些回味往事的人站在树下缓解孤单，获得一些旁白和物证。

骑自行车或摩托车的少年，来到长乐路某一窗下，车铃有节奏地叮当数次，或者摩托吼叫两声。楼上某一女孩听明白了，心跳着，找借口下楼，坐上自行车或摩托车迅疾而去。父母赶忙从窗口伸出头，不见女儿背影，就看看窗前这一棵似乎属于自家的树。那树在风中哗哗啦啦说闲话，对少女的秘密，一声不吭。长乐路上更远处一棵树，知道这一对少年少女进入了兰心大戏院，或者在向明中学操场上牵手游荡，直到月亮升起。

长乐邨里的丰子恺，也爱着他窗外路边的一棵树，在散文《梧桐树》里写道：

> 花的寿命短暂，犹如婴儿出生即死，我们虽也怜惜，但因关系未久、回忆不多，悲哀也不深。叶的寿命比花长得多，尤其是梧桐叶，自初生至落尽，占有大半年之久，况且这般繁茂，这般盛大！眼前高厚浓重的几堆大绿，一朝化为乌有！“无常”的象征，莫大于此了！

不论在故乡石门镇，还是战乱离散途中，以及最终定居于长乐路，丰子恺都把书房命名为“缘缘堂”。窗外，一棵梧桐树叶子从初生到乌有，就是丰子恺内心的缘与缘。毕竟繁茂盛大过，这无常的悲哀，尚可化解。

街角的树，承载的记忆和情感更广大复杂。人流在街角汇合又离散，带来转机、商机或危机。街角建筑比其他路边建筑重要。街角店铺生意好于其他店铺，租金就贵一些。长乐路，与南北方向的乌鲁木齐路、常熟路、陕西南路、瑞金二路、成都南路、重庆中路，次第相交逢，形成一系列街角，为街区的种种偶遇、冲突、分道扬镳，提供足够的转折点和意外。我常看见某个老人面对某棵树发呆。他患有失忆症？也可能早年的哀伤，正在身体里卷土重来。这些树，年年初夏被剪伐树梢，但身姿基本未变，完全可以成为另外一个人、另外一个年代的秘密替身，被少年、少女、丰子恺们各自爱着。

一个中午，在长乐路与陕西南路交叉口等红灯，无意抬头，我瞥见树上有一行小刀刻画的字："燕子，我在这里等过你。"没有署名。这棵树就像一个名叫燕子的女人，身上携带着一行慢慢放大的胎记，无声无息老去。“街角的一棵树，永远不会知道它是一棵树，把自己的阴影慷慨地赠予人们。”诗人博尔赫斯也热爱街角。他甚至写了短篇小说《玫瑰色街角的汉子》，关于刀子、血和拥抱中的舞蹈。其中有一句话：“居住的地方越是卑微，就越应该有出息。”长乐路华美，但不乏寄身其中的卑微者、多余者。即便如花似锦之人，失魂落魄后，苦难更深重。

“长乐”，显现出空间上的扩张欲，也表达了时间性的吁求——既要漫长，又要持久。有着中国式大红大绿的吉祥感。这命名，显然源自一种清醒的认知——吉祥匮乏稀少，危险与不安如影随形。

和合坊弄堂口，像嘴巴，进进出出的人、自行车、宠物犬，是不断更新的言说与修辞。弄堂口上方悬空的一处公寓，有两个铁质窗口，平行、修长，顶部呈圆弧形，如同巴黎风格的一双眼眸——室内灯火明灭，是不断变幻的目光，辨认这剧变中的人间。

四川北路上，那位持伞行人

汤惟杰

汤惟杰，同济大学人文学院副教授、硕士生导师，上海电影评论学会副会长，上海国际电影节（SIFF）选片人，上海作协会员，上海电影家协会会员。著有《上海公共租界电影检查制度的建立》《早期中国电影史中的卓别林》等。

▶▶ 徐惟杰

侧 耳 有 声

一

一个寒冷的午后，21路公交车把我由北往南带至塘沽路站。下车时突然意识到，此刻我正踏在一部小说的某一行内："至于我，已经走近文监师路了。我并没什么不舒服，我有一柄好的伞，脸上绝不曾给雨水淋湿……我且行且看着雨中的北四川路，觉得朦胧的颇有些诗意。"

这段文字来自《梅雨之夕》，它初刊于施蛰存1929年8月出版的小说集《上元灯》中，排在最末一篇。如今，文监师路早已改名为塘沽路，北四川路也成了路牌上的四川北路。小说中，一位在苏州河南岸公事房逗留到晚上六点下班的男子，撑伞跨过四川路桥，在一个梅雨季的傍晚步入虹口境内。在紧接着的文字里，男主人公沿北四川路行进，即将展开新文学史上的一段著名邂逅。

而我，在冬日午后的阳光里，向北一眼瞧见了路东侧那栋涂饰一新的米色房子。此刻，15顶明艳的大红遮阳篷盛开在它的沿街立面，同样红艳的店招“1925书局”，在召邀着它的读者了。

这家书店，对我这样的虹口人来说简直太熟悉了。我们读书那会儿，它还叫新华书店虹口区店。现在的孩子可能不知道，当年虹口区的几家新华书店门市当中，只有这里才能配齐中小学各年级的教材。在还是“小马虎”的年纪，谁都难免会弄丢课本，这里可是我们获得“重生”的福地啊。

一楼的店堂，如今拿出一半面积开了家“上海咖啡”。而在我们常来买书的日子里，这里曾经一分为三，偏南的两间互通，最北头的则是完全隔开的工具书店。20世纪80年代，新华书店的马路斜对面开了家企业家书店，专售各类财经管理类书籍，20世纪90年代股市大潮之后，好几年里那里顾客盈门。店里也有一两架电子技术类图书，你如果在此地发现了一本《机械复制时代的艺术作品》，请保持镇静，不必意外。

一度没有太多人知道，眼下的 1925 书局连同书局所在的这栋房子，曾是 1925 年建成并开业的商务印书馆虹口分店。那年 3 月 9 日，《申报》头版显要位置上刊登了书店的开幕广告，它的门牌号为“A 字 22 号”（也作“22 号 A”）。1930 年工部局重新编排门牌，此处改为四川北路 856 号，并沿袭至今。

2021 年，“1925”这个具有特殊意义的数字被写在了招牌上。“这家上海持续开业近百年的书店”，成为焕然一新的 1925 书局。二楼三楼布置得颇精致，展出的一部分文献讲述了 20 世纪 20 年代的上海工运故事，时任商务印书馆工会委员长的陈云于 1925 年在此领导了馆内工人罢工，提出“增加工资，缩短工作时间，废除包工制，优待女工”的要求。这场罢工在开业两个月的商务印书馆虹口分店率先发动，最终资方同意了大部分复工条件。可以说，陈云是从这里开始了他的革命道路。

也没有太多人知道，这家虹口分店的首任主任叫林振彬，曾就读北京清华学校。他1916年赴美留学，1922年回国前担任过《申报》纽约分馆职员，回国不久即于商务印书馆附设的中国商务广告公司任经理，还在上海商科大学兼任教师。1925年商务印书馆开设虹口分店后，广告公司迁至店内，林振彬也同时成为该店首位主任。

林振彬于虹口分店开办一年多后就辞去了商务印书馆的职务，与李道南等友人一起创办了一家广告公司，他本人担任总经理。在随后的生涯中，他成为中国早期广告业的泰斗。林振彬于1928年在上海结婚，有一个儿子名叫林秉森，人们后来在20世纪90年代上海人民广播电台开播的《怀旧金曲》中听到林秉森操一口地道的老派沪语——“大家好，我是香港的查理林！”

邮政大楼 ——

二

走下楼，几步之遥的四川北路海宁路口，曾有多家书店和出版机构。1927年3月2日，《申报》上有篇署名“琮琦”的《良友访顾记》，这里讲的“良友”，原本叫良友印刷所，创办人是伍联德。

1926年2月，良友推出一册画报，封面是冉冉升起的影坛红星胡蝶女士的照片。当时的胡蝶未必清楚自己的照片刊登在了中国新闻出版史上第一本综合性画报的创刊号上。《良友访顾记》报道说，新近良友公司从原来奥迪安大戏院（四川北路虬江路口）隔壁的鸿庆坊口搬到了商务印书馆虹口分店的斜对面，作者发现，良友公司的新楼有印刷所、装订间、机器室、堆纸栈、经理室、会计部、编辑所等，全部约四五十间，共三楼，房屋设备非常广大精致，他进而觉得附近有很多书店，如伊文思图书馆、大成书店等，“将来不难成为出版文化物的中心点，发展起来可以凌驾‘书店林立今日的四马路’而上之”。

我继续往北走，几分钟便到了武进路口，西南角便是如今大热的“今潮8弄”。这片商业中心开幕一个多月来，每天游人如织。年轻人最爱在夜晚到此，一来是为了光顾各家市集摊位，淘种种稀罕物件；二来是此地小广场上连日安排演出，让人欲罢不能。而上点年纪的游客知道，这里是昔日的公益坊。90多年前，年轻的施蛰存和朋友们在此地办过一家出版社——水沫书店，他的《上元灯》就是以水沫书店名义出版的短篇小说集，是“水沫丛书”的一种，初版定价七角钱。水沫书店是他们更早创办的第一线书店的继续，后者位于北四川路宝兴路142号（今四川北路东宝兴路口），因地处华界屡遭警察盘查，申请未得批准而最终停办。

关于水沫书店，施蛰存先生曾在晚年回忆：“在1929和1930这两年中，我们的出版事业办得很热闹，因而也结识了许多前辈或同辈作家。当时常到我们店里来闲谈或联系稿件的有徐霞村、姚蓬子、钱君匋、谢旦如、徐耘阡等，胡也频和丁玲也来过。最常来的是冯雪峰。雪峰对我们办出版事业，寄予很大的期望。有时他白天到我们店里来闲谈，晚上从景云里看了鲁迅之后，又顺便到我们家里来坐一会儿。”施先生伉俪当时赁居东横浜路大兴坊内。那前后几年里，公益坊内尚有南强书局、辛垦书店等出版社存在。距离公益坊不远的扆虹园，据说不久后也将改造为上海文学馆，此地百年来的文化遗存都会悉数被收纳其中。

三

我印象中，武进路口南面当初最常去的便是两家上海书店。其中位于四川北路西侧的那家面积大，于20世纪80年代末重新装潢过，店面扩大到三层。与新华书店不同，上海书店以古籍和影印本现代文学作品为主，我曾经有一套《中学生字帖》，分颜、柳、欧、赵四体，就在此地买的，叶圣陶先生题签的书名十分显眼。这套帖被用得卷了边，我写的字却长进不大，实在惭愧；还有影印版的司马长风的《中国新文学史》一度也很走俏，被我放在书架显眼处许多年。

东侧的那家上海书店期刊经营部更靠近路口，但面积小得多，边上还有家虹光眼镜商店。那里主要出售过期杂志和旧书，还兼营旧书收购业务。我记得柜台里那位老法师，面容瘦削，戴深色边框的眼镜，总是穿灰扑扑的中山装，袖管上有一副深蓝色袖套。他一般都在埋头清点账目，偶一抬头，那眼光跟锥子似的，看得人心里发毛。常有人兴冲冲地抱了一叠旧书来问价，老法师开出的价总是略比废品回收站高一点点，泄了气的顾客最后用“来都来了”给自己鼓劲，仿佛在雨中给自己找到了一方屋檐。

我找了家店，坐下点上一份饮料，边喝边望野眼。看着眼前的人流和车流，我记起施蛰存先生在回忆文章里讲，当时他们经营的水沫书店资金难于回笼，同时又因淞沪抗战爆发，最大的出资人刘呐鸥决定放弃，并转而投身电影，其他几位同人也随即星散，只留下一位崔姓师傅留守公益坊内保管财物。施蛰存自己则受现代书局的邀约，主编《现代》杂志，那又是值得细加考评的另一则故事。

1933年2月，《上元灯》由新中国书局再版，施蛰存从初版中抽出了《梅雨之夕》。3月，新中国书局初版小说集《梅雨之夕》，同名小说被调整到新集的第一篇，从第一页起，梅雨就淙淙地降下了。

“人家时常举出这一端来说我太刻苦了，但他们不知道我会得从这里找出很大的乐趣来，即使偶尔有摩托车底轮溅满泥泞在我身上，我也并不会因此而改了我底习惯。”这位持伞走在北四川路上的主人公，如是说。

这一夜，苏州河上的烟雾如此迷离

点点滴滴的生活常态，就像一个历史的画面，更像看在眼里的景、读在心里的书，定格在胸中就永远不会移动了。

——奚美娟

后滩

奚美娟

▶▶ 舒怡

侧耳有声

奚美娟，国家一级演员。曾获梅花奖、华表奖、金鸡奖等。代表作有话剧《中国梦》《北京法源寺》，电影《假女真情》《妈妈！》，电视剧《儿女情长》，散文集《独坐》等。

在2010年上海世博会之前，估计没有多少人知道黄浦江边上有个叫“后滩”的地方，更谈不上对它有所了解。对于闻名于世的大上海来说，它实在是太不起眼了。也许只是千百年来的滚滚红尘中，被冲刷洗漏下来的一堆小沙石，顽强而悄悄地蛰伏在黄浦江南边的转弯处。歇息时，偶尔望一眼江对岸雄伟壮观的江南造船厂，那些高耸入云的烟囱，那些来来往往的大小轮船，有着些许后滩人理解中的欣欣向荣，心里便有了对生活的期盼。在几乎没有声息的日常里，喝着黄浦江的水，日夜辛勤地劳作，过着与世无争的日子，繁衍着、养育着自己的子女。岁月流淌，后滩的子民们，千回百转地与其他区域的上海人一起创造了上海的辉煌业绩。在他们的岁月里，既保留着这片土地上原住民的朴素传统，也在黄浦江水时不时泛上来的点点滴滴中，接受着沉淀杂交的近代文明。

我的母亲就出生在上海的后滩。我的外婆家和世代生活在那儿的普通上海人家一样，都是靠几代人的努力付出，建立起自己的宅邸家园，有一份刚刚好的生活。母亲原本有五兄妹，她是老三，上有哥哥姐姐，下有两个弟弟。后来姐姐因病去世。哥哥参加过新中国成立前夕的进步学生运动，还在外公开的后滩江边小杂货店里，帮助过秘密交通站传递消息，和他的伯父及堂兄，在一位共产党员的指导下，为解放上海做过微薄的贡献。但他的命运不佳，早早地献出了年轻的性命。这自然是后话。这以后，我母亲就成了家里的老大，只粗粗识了几个字，就开始进入工作的人生，帮助外公外婆持家并辅助两个兄弟。好在我外公除了家里开的小杂货店外，在市里还有一份相对稳定的工作，使得一家人在后滩这块土地上，耕读劳作，生生不息。

随着母亲出嫁，我和弟弟妹妹相继出生，后滩就成了我们的外婆家，也和我的人生有了血脉相连的

黏合。20世纪60年代，从我家去后滩的外婆家，有两个方向可以走。一个方向是从上南路我家，走一站路到浦东南路的大道站，然后坐公交车往西，到当年的耀华玻璃厂前一站下车，再步行往北走。下车后往北的这条路，是没有交通工具的乡间小道，中间要路过两个生产队和一些自然村落，还有沿途的河塘、小桥、农田，最后穿过一个小学，沿着小学墙边再往北走一段路，走到黄浦江附近的那个村落，就到了外婆家。另一个方向是，从上南路我家那个车站，坐两站公交车往北至上钢三厂的三号正门下车，然后进去，穿过整个从东到西的厂区大道，以及沿途的各类车间。在上钢三厂的厂房里面，还套着一个章华毛纺厂，是新中国成立前就有的老企业，也是那个年代上海纺织行业中小有名气的企业，我母亲就在那里上班。在我小时候的眼里，上钢三厂简直是一个巨型企业，且厂中还有厂，它共有9个门进出。我们去外婆家，要从三号正门进去，经过工厂里的大道、车间，绕过章华毛纺厂，再走到最靠东边的九号门，才算走出了上钢三厂的厂区。出了九号门，再绕过一道堆满了废钢铁的土路，便是黄浦江边的那条高高宽宽的土筑堤坝。走在堤坝上，右边就是黄浦江，左边堤坝下，就是外婆家所在的那个古老村庄。

小时候，总觉得外婆家就像是依偎在黄浦江边的一个角落里，遥远又寂静。读小学时有那么几次，我一个人走到后滩，身上带着母亲在市场上用高价买的粮票和油票，让我送到外婆家接济舅妈。上钢三厂的正门，只有家在后滩或后滩有亲戚的人，才能得以通过。每次穿厂而过，我都会很紧张，半空中厂车隆隆而过时，我总会紧张地躲在一边，迟迟不敢迈步，但心里又向往到外婆家玩。尤其是暑假里，可以在大人们的带领下，去黄浦江边的浅滩上洗衣、玩水、游泳。或在粗大的木排上走到江的深处，随着浮在水上的木排的微微摇晃，感受身心似乎要飞跃的快感。

后滩的外婆家那一方小小的家园，因临江而居，无处可退，世世代代的本地居民，靠着勤劳与智慧的生存之道，倒也有了世代沿袭而来的文化与民生。印象中，那儿的人家都非常重视孩子的教育。我的两个表妹，在学校里读书时因成绩出色，都相继跳过级，于是左邻右舍会默默以此为榜样。我前面说到小时候去外婆家，会路过一所小学，其实那原本是一处乡绅的私人宅邸，里面套着几进高墙大院，是我小学同班一位女同学的外婆家。后来他们家把大部分房屋献出来办起了这所小学，只留了一小部分作居家所用。这位同学的父母也都在章华毛纺厂工作，小学期间，我们经常结伴去后滩的外婆家玩耍。

虽然在表面上，后滩这个小小家园当年寂静得无人知晓，似乎要被遗忘，但事实上，后滩历来有着开阔的襟怀，在后滩的居民中，除了上海本地的原住民，还有一部分是历史上从外埠的江苏等地，撑着木排从长江而来，再进入黄浦江，然后顺流拐到转弯处的后滩，天长日久，他们在后滩江边的滩涂上慢慢聚集，落地生根，成了与后滩的本地居民和睦相处的早期移民一族。我表妹有好几个同学，都是后滩早期移民的后代，他们生活中各自在家里说着家乡的语言，但在学校里，又和上海人一样讲上海话。久而久之，移民的后代们又形成了一整套上海人的生活方式。反之，我的表妹们以及当地居民，也在与他们的日常接触中，学会了由移民们带来的方言，你中有我、我中有你的语言风格，很是鲜明。他们能随着日常生活的需要，随时切换家乡话与上海方言，这在我小时候对外婆家的记忆里，是一道很特别的人文景观。后滩，本来只是蛰居在黄浦江一隅的小家园，竟然能敞开胸怀接纳一批批移民在此地生根开花，不能不说这是后滩世世代代背靠着辽阔的大浦东平原，迎面接受浦江文明铸就的善良与开阔。这块土地的血脉气质，多少年来，就已经不再拘泥于本土本乡的小格局了。

由于后滩的地理位置比较特殊，尽管开发浦东的号角此起彼伏，浦江边上的高楼大厦拔地而起，但那潮起潮落的五彩浪花，始终没有飞落到后滩居民的实际生活里。直到第41届世界博览会决定在上海举办，后滩才被纳入拆迁改造的快速通道。那几年，有许多亲戚朋友搬入了浦东新区的世博家园，住上了整洁敞亮的新居。

记得世博会召开前夕的某一天，我驱车行驶在卢浦大桥上，猛然在前方的一个路牌上，看到了“后滩”两个字。那一瞬间，我的内心真像是被电着了一般，在车内情不自禁地欢呼了起来。后滩，这个世代隐藏在大上海圈内其貌不扬的小角落，终于有一天，在世界博览会的荣耀中进入了公众的视野。如今，随着浦东开发的步步深入，它又和前滩相接，出现了一个又一个地标性的文化建筑，继早期的后滩湿地公园后，上海大歌剧院等也将相继在此脱壳而出。

上海浦东这几十年的发展变化，可以说是日新月异，改天换地。我们见证的也许只是历史的一瞬间，但它实实在在改变了普通百姓的生活，实现了几代人的梦想。儿时后滩的外婆家，如今虽然已经没有了以往的模样，但它的人文景观，外婆曾带着我和表妹们，在黄浦江边的木排上洗衣劳作的样子，以及点点滴滴的生活常态，就像一个历史的画面，更像看在眼里的景、读在心里的书，定格在胸中就永远不会移动了。

谨以此文，纪念上海浦东开发开放30周年！

我外公的老宅，成了图书馆

孙颙

▶▶ 徐惟杰

侧 耳 有 声

孙颙，作家。曾获上海长篇小说奖。著有短篇小说集《他们的世界》《星光下》等，长篇小说《雪庐》《漂移者》《风眼》等，散文随笔集《思维八卦》等。

关于上海城市的特性，曾有人用个“魔”字戏称，当是突出他的千变万化，常有意料之外的新事物平地而起。久居上海者，无事出门闲逛，正笃悠悠在老街散漫信步，突然被啥新发现镇了，惊鸿一瞥，亦不算稀奇。此处所叙，却是极具我私人感悟的奇遇。

某个夏日傍晚，是今年书展的时候，我从巨鹿路作家协会出发，到绍兴路上海文艺出版社去，参加一个读书人的聚会。夕阳刚刚落下屋脊，凉凉的晚风吹来，走路舒服，我就懒得去乘公交。沿陕西南路左拐，进入南昌路，往前一百多米，眼睛兀地一亮，我竟傻傻地站住了。路旁，一幢小楼，从底层往上，新近装饰的大窗户，耀眼地灯火通明，与两旁普通住家落差甚大。这里，不可思议地冒出家图书馆，与我们熟悉的公办图书馆截然不同，分明是一处私人性质的场所，连招牌也小小的不容易发现，用了个颇可玩味的名字——“一见”。是取之“百闻不如一见”，或者源于“一见如故”“一见倾心”？也许兼而有之。

惊讶于这个发现的主要原因，在于此楼是我外公的老宅，他居住了几十年的房子。

外公，湖南长沙人，易姓。清末最后一次科考的秀才，民国初年曾任教育司司长等职，新中国成立后，为上海文史馆馆员。老先生酷爱藏书。南昌路底楼大客厅，全是由地板直达屋顶的书架，还有一批黑木书箱，所藏者，主要是线装古籍。少年时代，去外公家，是极大乐事。可以听他讲讲唐诗，可以让他教教围棋，还可以读书——线装古籍是读不懂的，在那里读过几十本文史资料。那年代，此类书稀罕，让我长知识。至于后来，21世纪初，我曾任职上海政协文史委，也参与文史资料的编撰，那只能用一个“缘”字解释了。

半个多世纪前，特殊的社会环境下，外公那些珍贵的藏书，突然消失得无影无踪。后来，我写过小说

《雪庐》，写过散文《在高高的书架下》《一个老人和他的藏书》等文字，为了纪念那个消失的藏书室，那个对我有文化启蒙意味的地方。

外公的老宅，早就不知归于什么人家，偶然路过，沿街的后门，换过几个商家，始终是卖衣服首饰之类的玩意。我怎么也没想到，它会演变成一家图书馆，重新与书沾上边。

那会儿，我着实兴奋起来，冒失地推门进去，未经管理者允许，从底楼往上，一层层地拍照。因为是图书馆，沿墙竖起众多的书架，样式和当年的老式书橱大相径庭，功能却基本一样，用以放书藏书。我呆呆地望着它们，竟然是恍若一梦的感觉。

当夜，我把奇遇告诉了亲友们。于是，各位纷纷前去寻访老宅。一探二探，来龙去脉逐渐清晰。

创办这家私人图书馆的，是八位年轻人，以“70后”为多，也许还有“80后”。他们各有不错的职业，同时有共同的爱好，喜欢读书。他们决意创办一家小小的图书馆，为自己，为朋友们，也为社会上热爱阅读的陌生人，提供舒适的阅读场所。在商业氛围浓厚的淮海路一带，他们租下一幢小楼，用于很难有经济回报的图书馆，实在需要很大的勇气。听说，图书馆是八个年轻人共同投资，一笔不小的本金，来自他们各自的职场收入。或许，有人会认为他们过于天真，我却为他们对文化的挚爱而感动。他们寻找准备租用的房子时，并不知道此处曾经有过一间藏书室。后来，他们了解到这一因缘巧合，不无风趣地道，是在易老先生仙气的引导下，做了抉择。

这个小小的文化事业，已然起步，除了努力建设舒适的阅读环境，各种读书活动也陆续开办。宁静的小楼里，上了年纪的楼梯，被各路学者踩得咕咕响。这里讲过南昌路的文化历史，讨论过推理小说的奥秘，最近的一场，是请钱世锦先生来讲大剧院的故事，聊聊音乐剧。

离南昌路不远的思南路，创办了名声遐迩的思南读书会，那是众多部门和机构合力打造的结果。与他们比起来，这几位爱好阅读的年轻人，势单力薄。据我了解，世界各地的图书馆，由于其公益性质，多半是靠政府资金扶持，其余的也会有基金会或者财团之类的撑腰。几位普通的年轻人，能撑起这片天吗？为他们捏一把汗？或许，是我这样上年纪者的自作多情。未来是年轻人的，在他们眼中，一切皆有可能！

我捐了一些自己的藏书，表示对年轻人的佩服和支持。那天上午，台风刚刚过去，天空一片蔚蓝，当我把装书的纸箱交到他们手中时，看着他们朝气蓬勃的笑脸，心中不由浮起一个念头：中华文化的复兴，不但需要政府的大力倡导和扶持，有众多年轻人热情洋溢地投入，才是更加令人充满信心的趋势。

武康大楼记事（节选）

王伟

▶▶ 邢 航

侧 耳 有 声

王伟，毕业于上海大学文学院。供职于上海市作家协会，任党组书记。

上海是一座怀旧的城市，许多沉寂了几十年的东西，机缘巧合之下，像是被人从箱底抖搂出来，晾晒粉饰一番之后，倒焕然一新了。武康大楼就有这种命运，在它差不多进入耄耋之年时，突然又红火起来，几乎成了上海的地标之一。至少，大楼所在的那个区，把它的形象，显摆地印在各种宣传品上。

武康大楼暴得大名，因为它是如今名声如日中天的邬达克的杰作，因为它里面几十年住过许多文化名人，比如孙道临（其实，孙道临和王文娟住在大楼东侧的那栋五层新楼里），也因为它确实是远近体量最大、一度也是最高的宏伟建筑，风格和装饰都透出一种凝重、庄严的美。站在它的西侧稍远处抬头望，淮海路、武康路夹角上的这座大楼，真像一艘航船慢慢驶来。

武康大楼留给我不少记忆。这么说，绝无附庸风雅的意思，因为我从出生到二十二岁毕业工作，就居住在大楼北侧的那片棚户区里，它那阳光背面的巨大身影，常年整日地覆盖着我家的屋顶，也挡住了我眺望南天的视线——有一次，文化广场发生大火，浓烟四散，远近都看得到，而我站在弄堂里，只能从武康大楼东侧肩旁，看到飘到高空的淡淡几缕。我又有好多从幼儿园到中学的同学，住在这栋大楼里，因此常去那里找他们玩。大楼底部的连廊里有一排商店，食品店、副食店、洗染店、药店、文具店、剃头店（有名的“紫罗兰”），也大多是我们时时要光顾的，连上学时为了看热闹，也特地从那里绕道走过。

住在棚户区简屋里的我，早年那些关于洋房、洋楼的知识，比如电梯、煤气灶、抽水马桶之类，都来自于这幢大楼。我到同学家中，在那些面积很大的房间里玩耍，尽情得很。至于登斯楼而望远或俯瞰的快感，远近有什么地方能超过武康大楼的？第一次我到六楼梅同学家里玩，我都不敢迈脚到那座高高挑出去的阳台上，最后是颤巍巍扶着栏杆慢慢挪过去，才看到了下面淮海路上的人来车往。

那次我路过武康大楼，特意在门厅口看了看那两部上上下下的电梯，早鸟枪换炮了。老早的电梯，是两重移门的那种，外层小方格磨砂玻璃门、里层斜角相交铁栅栏门，电梯工把门合上拉开时，一阵阵哐啷哐啷地响。底下显示所到楼层的表盘，是半璧见海日形的，有个粗壮的指针绕着圆心扫过来扫过去。这种老旧玩意，现在只有老电影里看得到。

武康大楼的这两部旧电梯，应该是附近一两站路范围内罕有的，所以小孩子老想去蹭着玩，可开电梯的阿姨凶悍得很，老赶我们走。我到二楼夏同学家去，一般是不敢看阿姨的脸色坐电梯的，只从楼梯上去。但有一次——那时我小学快毕业了吧，带着一个插队邻居在乡下长大的小孩，到大楼下闲逛，突然想让孩子见识一下坐电梯，就冒险进去了。板着脸的阿

武康大楼 ——

姨闷声问："到几楼？寻啥人？"我扯个慌，说是到五楼、找邹同学。阿姨沉着气，拉门按钮让电梯上到五楼，我们出门左转，走出十多米，过邹同学家门口了，忽听背后一声猛喝："你，哪能不进去？"她居然一直停着电梯在观察！那时，我毕竟还是个半大孩子，又有点理亏的心理，所以闻声一下子就有点懵了，根本没想可以弄假成真去敲邹家的门，而是赶紧拽着那孩子跑向附近的后楼梯，匆匆向下奔。一边跑一边回头看，还好，阿姨没追过来，砰砰速跳的心才安一些。

不过，我们还面临难题：如果回主楼梯下到门厅再出去，就必要经过底层电梯门口，难保不被一心捉"小赤佬"的阿姨守候拦截，而后楼梯到了底层，是封死的，出不去。没奈何，我们下到后楼梯的二层，从碎了好几块玻璃的窗户里钻出去（幸亏那时人小且瘦），落脚到底下过道的檐棚上，然后我先跳到地面，再伸手把孩子从一人高的檐棚上接下来，终于从前面提到的穿天井时抄的近道走了出来，脱离了这次蹭电梯造成的险境。

那时我们上厕所，只能去弄堂里那间简易的老式公厕。说简易，是因为它既无水冲也无化粪池，靠人工清运清扫；说老式，是因为厕位就是一排大木桶，粉墙板壁或者后来的水泥板壁，都没有瓷砖一说。它就在我家的对面，虽然是近水楼台，想方便就方便的，但毕竟饱受熏陶，再说还时常要排队轮蹲。所以，就会想到武康大楼里那个瓷砖匝地、拉绳冲水的“卫生间”。它就在上面提到的那条近道旁、生产组门外，虽然也是蹲坑的，但比弄堂里那座“碉堡”好上不知多少倍。所以，大大小小尤其是孩子，常常偷偷去享用，就是被生产组的人骂了也心甘，就是铁门关上了也要翻过去。关于抽水马桶的最初概念，我就是这样烙下了。

棚户区的房子大多拥挤不堪，弄堂宽窄不一，但大都逼仄得很。我们打乒乓球，也难得找到宽敞点的地方，所以用各式木板架的球台，真比搓衣板大不了多少。而在武康大楼里，都是轩敞的大房，一套几间的，不愧是当年洋行高管享用的。我从幼儿园起就同班的梅同学，他们那套房的大客厅里，还摆过一张正规的乒乓球桌，看得人羡慕万分！难怪他的球技比我好许多，有资格带着我和另一位伙伴到业余体校去练过几回。我常想，他为什么不请我们去他家里打球呢？不够意思啊！

另一位同班夏同学，住在二楼北向的房子里。推开厚重的木质总门进去，过道厅边上，厨房、卫生间齐整有窗，三间方正大房，中间都有宽大的带方格窗白落地门，通向外面贯通的阳台，除了晒不进太阳，也很是敞亮气派——夏同学一家五口住两间，有一间完完全全空着。那时人到底老实，也想不到占用。于是，那里就成了我们的玩乐场，通常玩的是好人坏人的游戏，学着电影里的情节，用自制的刀枪或代替物，搞点简单的角色扮演。

类似的游戏，我们在其他地方也玩，但效果都比不上在武康大楼里。那个空荡荡的大房间，太让人有舞台感了，太让人有真实感了，玩起来过瘾！

武康大楼底部长廊那一排商店，也有值得一说的。比如西头下那家饮食店，有一部方正厚实的大冰箱，银白色的箱体，上面有两个方形大盖，透过散热片，可以看到里面连着帆布带的马达，轰轰隆隆地转着。那可是远近唯一一部、也是我最早见识的电冰箱——直到1978年，我才在一位父亲当海员的同学家里，看到了一部家用电冰箱，只是比起这台大家伙小巧了很多而已。

小时候吃棒冰（我们不叫有点土气的“冰棍”）或雪糕（带奶油成分的），从来不在流动叫卖者那里买，他们胸前那个木箱里，包裹着的保温棉被总有点脏兮兮。我们都是径直到武康大楼下去买的，除了买棒冰、雪糕，还有从木箱里根本买不到的冰砖——那时最高级的冷饮，两角一块的中冰砖、四角一块的大冰砖。在孩子们期待的眼光注视下，店员从容地揭开冰箱上厚重的盖子，一片冷雾迅即飞腾而出，弥漫开来，朦胧之中，棒冰、雪糕、冰砖什么的递到孩子手中。

我从小剃头，都是在兴国路马路边洋房前的一个摊点上解决的，没别的，就是便宜，最初一次一毛钱，后来改革开放了，剃头师傅老唐犹犹豫豫地，以物价飞涨为理由，让我理解要涨价了，也不过每次五毛钱。而武康大楼下却有家“紫罗兰”，听说昔日还是高级美发厅，那时虽然放低身段为工农兵服务，但高档的架子还在，可升降斜放的理发椅，带花边装饰的大镜子，洁白的洗头台，热气腾腾的毛巾，等等。隔着玻璃看店堂内的景象，我总感叹那不是我能够享受的。

这几年，武康大楼和武康路一起都日渐红火，大楼周围随即变得时尚起来，前来踏访的人越来越多，它也因此被赋予很多小资的想像。我曾有二十多年没故地重游，只是偶尔路过，如今倒也几次和家人一起，特地到那里走走看看，跟老婆、孩子讲讲过去。我常常有时空倒转的感觉。

比如，坐在底楼那间兼有美发厅的咖啡馆里，我脑子里就在重塑当年的那家副食品店，我两次坐的位置，似乎分别是那时店堂里的肉案和店堂后的冰库所在地，恍惚间，一阵“嘭嘭”斩肉声回响耳畔，一阵腾腾雾汽弥漫眼前。那时，每逢夏日，店里会送来好多大冰块，放在库房里为肉食鱼鲜降温。而到冬天，大批冻肉运到，装卸工就用带丁字型手柄的大铁钩，把冻肉直接从车上拖着摔到武康路的街沿上，就那么堆着。

大楼的副楼底下，开了间时尚书吧，里面有几间和风茶室，布置得很清雅。原来那地方，总关着严严实实的门，背面通向那座汽车房黑暗的大厅，有一道厚实门板接续组成的墙挡着。人们都不知那里面是派什么用的。忽然有一天，我看到有几块门板被开锁卸下了，透过门洞看进去，各种木箱堆得紧紧密密，有几个箱子打开了，里面竟然是大大小小衬着包着纸的瓷瓶陶罐。原来那是个文物仓库，藏着如许的宝贝！

武康大楼对面，隔条淮海路，是著名的宋庆龄住所（现在是故居了），高墙铁网围护，整日戒备森严，我们走过那道从没见开过的大铁门，都不敢停留，更别说趴着门缝往里窥视，因为挎枪的警卫会厉声呵斥。但防线总是可以“攻破”的。曾经听说，武康大楼里也有人家在阳台上养鸡，偶尔就有调皮捣蛋的鸡，乘隙挣脱束缚，从七层楼南向飞出去，借着高势和风劲，飞越马路和高墙，飞过二三十米距离，落在宋府的花园里。于是，主人陪着小心，匆匆下楼，穿过马路，来到那道大铁门前按门铃，随后陪着小心向凶巴巴的警卫说明缘由，挨一顿训斥，才把那惹是生非的鸡领回去。奇怪的是，从没听说有鸡北向飞到我们那片棚户区里来，想必小动物们也是有嫌贫爱贵的，当然，如果真有飞下来的，那沟沟坎坎里也没处找。

1985 年 7 月，我从武康大楼旁边搬走了。那时，我们那片棚户简屋已经拆得只剩几间房子，孤岛式地立在一片瓦砾之中。站在那片废墟上，武康大楼一览无遗，从头到脚完完整整看得到。后来，那里建起了几栋乏善可陈的火柴盒子住宅楼，旧时生活的痕迹因此被掩埋，记忆也无所依傍，所以二十来年里，我很少回到那里去凭吊过去。只有武康大楼还在，虽然近来火起来之后，改了点片段、多了些粉饰，但还是原来的身形和气派，可以让我轻松地找回过去的痕迹、唤醒陈年的记忆。

看街

陈村

▶▶ 藏熹

侧耳有声

陈村，作家。著有长篇小说《鲜花和》等，小说集《走通大渡河》《蓝旗》等，散文集《孔子》《小说老子》《今夜的孤独》等。

最近，一个朋友写我，题目是《这样的男人》，写我的服装。文章的中心意思是，这样的男人哪里用得着和他讨论什么服装。

说起来也真是，世上如果都是我这号人，服装公司就没有饭吃了。本人住在这样的街旁实在是浪费了。弄口就有一家时装精品屋，大大的橱窗玻璃，夏天把空调开得呼呼的。走过时，我总要朝里面望一眼，那一件件一套套挂着的衣服果然十分美丽。据经常进去浏览的人士说，价格当然也十分昂贵。我朝里一望就望出了感慨，这么好的购物环境，常常看不到顾客，甚至浏览者也罕见。弄堂的另一边是烟杂店，虽然土气，倒是从不乏顾客。看起来，在中国人的心中，吃还是比穿要优先，低档比高档更受青睐。

虽然我买不起那些好看的衣服，即使买得起的话，我还是爱穿老头衫，倒并不反对别人将那些美丽的服装穿出店来。这些年，走在街上，时不时冒出一点美丽让我看到，实在也是很悦目的事。没想到世上有这么多的颜色，人的视觉细胞真是一只也没浪费。况且，穿在人身上的衣服要比在服装店挂着漂亮多了，难怪服装发布会从来用真人当模特，而不是摆出几件玻璃钢模特了事。

而今，彩照普及，彩电普及，人已不甘心只表现素描关系了。穿五彩衣，画脸画手画脚趾，都可看作相同的动机。汉语有个词叫作“夺目”，造得真是生动，将别人的目光夺过来，甚至将目夺过来，很夸张也很确切，正合一些人的心态。不知为什么，人忽然就不想默默无闻了，他们羡慕歌星，羡慕台上的一切。人们走在街上，将街头当成一个大舞台，努力招徕视线。争艳斗奇，竞争在无言中进行，一切在一瞬间决定和结束。这样的演出，永不衰竭的演出，想起来也是惊心动魄的。

我有时站在十字路口看望过往的行人，行人令我百看不厌，每次都会想到一些事。他们如浮云聚散，是在说明日的天气还是什么也没说？我看他们的服装、步履、神态。我想，所有的变化任何深刻的变化，都在这街头的一分钟中。我看人物之间的关系，看陌生人肩膀与肩膀的应答，也看吵架者的动作。特别有意思的是，穿得光鲜夺目或温文尔雅者的吵架，演出终于中断，演员们回到了本色。不必听他们的言辞，光看手势就很有趣。假如塞起耳孔，使面前的情景变作无声片，变作慢镜头，就更精彩了。这也是演出，即兴式的，突然开场又突然告终。可惜没人拍下资料。一百年或一千年前的人，是不是这样吵架？

都市里充满着这样的男人和那样的女人。走到街上，他们并不自知。他们没有料到，自己在诉说许多故事——哪怕穿着老头衫默默来去。

相遇老建筑

秦文君

▶▶ 藏 熹

侧 耳 有 声

秦文君，儿童文学作家。曾获全国儿童文学奖、宋庆龄儿童文学优秀小说奖、中国图书奖、陈伯吹儿童文学奖年度作家奖等。著有《男生贾里全传》《女生贾梅全传》等。

建筑犹如一把尺子，能衡量历史和文化，衡量人类对美的理解，表达不同时代的趣味，衡量人心。我对建筑是门外汉，可以说我的尺子是自制的，不标准，但上海的老建筑中有一些曾与我的生命和生活轨迹默默相连，我的尺子只听从我内心的声音。

外白渡桥是我人生中最重要的桥，除了它，我没有用情更深的桥了。我出生那会儿，父母住东大名路 325 号，紧挨着外白渡桥，从满月后的第一天起我就被父亲抱出来认识这座桥。以后的那几年，开门见桥，它成了我幼年最亲切的景象，很多梦里都有它。后来搬离了，去新的寓所之前，父母郑重地为我和桥合影留念，照片就贴在新家醒目的地方。在我的心目中，这座古老的桥是看着我长大的长者，也是我精神成长的见证。1971 年我获准去黑龙江上山下乡，离开上海之前去了一趟外白渡桥，不仅是和它告别，还长久地坐在外白渡桥不远的地方，看着桥上车来人往，对它诉说难言的迷惘。年轻的时候每个人要确立自我，寻找自己的位置，当时我没有找到方向，却面临背井离乡，成了最心痛的人，而肃立的外白渡桥给了我无言的情感支持。

和我童年生活有关的老建筑还有文庙。当时外婆住在净土街29号，那是一幢有年头的石库门房子，大门黑漆厚木，门上有圆圆的铜环一副。进大门是一个小天井，有客堂间，二楼有安静的内室和厢房。感觉这种建筑的好处是保持对外封闭的合围，身居闹市，大门紧闭就自成一统，好像一个独立王国。

只是通往2楼的楼梯太过狭窄，笔直的，像一条羊道。外婆是小脚，不知她老人家多年来是怎么来回从底楼攀登到楼上的。每次我去探望她，外婆都会殷切地要我陪她一起吃饭，桌子上放满了小碟子小碗，种种菜肴，她还要从瓶瓶罐罐里倒出储存的苔条花生、龙头烤什么的。

有时去的时候挨不到饭点，外婆和我说上三两句话，就急巴巴地到附近的小桥头买点心招待我，有时是一客酒酿小圆子，有时是一对糯米油墩子——一甜一咸，有时是生煎馒头、锅贴这一类的，哪怕我刚吃了午饭也要接受。不让买不行，外婆讲究礼数，有客人到，都要走一下吃饭或者吃点心的程序，老少无欺，不然她老人家于心不安。

吃饱了，和外婆说一会儿家常，我会和邻居家的孩子一起去文庙玩。

上海文庙是祭祀儒家文化创始人孔子的，有一个庙学合一的古建筑群。那时的我并不能体味到其中源远流长的儒家文化，只是暗地里仰慕这曾是上海古代的最高学府。还知道文庙好玩，地方大，能在园子里找到新鲜的花草和飞虫。

文庙对外开放的时间不多，我和小伙伴们只好各显神通，有的趁大人不备溜进去，有的冒险翻墙，还

九曲桥 ——

有的用其他混进去的方式，反正一帮人最后都能在里面碰头，曲折的过程更让人觉得意趣盎然。其实小伙伴们对文庙里著名的三顶桥、大成殿、崇圣祠、明伦堂、魁星阁等建筑不在意，还奇怪大人为什么都喜欢魁星阁。我们往往会在魁星阁前的池塘及石桥边玩。印象中魁星阁老是在修葺中，成年后才了解它是中国木构架结构的典型，体现了古代完美的结构工艺。

有一年深秋，是个下雨的日子，我们去文庙，守门的人并不在，小伙伴们全大摇大摆地进去了。那天，文庙像是被我们几个包场了。在无比安静的环境里，我第一次发现里面的荷花池很美，在雨天里有一种特别的韵味，也许是添入了文庙的底气和文脉，有古诗里“留得残荷听雨声”的境界。

当然，哪一次去文庙也不会忘记在文庙附近逛上几圈，看看旁边书摊上的古书，沾一点文气，淘回来几张外国邮票，还有泛黄的小人书，都有烟纸店封存已久的气味。

后来，净土街的石库门房子拆了，外婆家搬走。从此说起南市区，说起老西门，我唯一的牵挂好像就是文庙了。

多少年后，我调入出版社工作，有一次为了取稿费，去新华路上找邮局。明明是第一次抵达，感觉却是熟稔到极点，呼之欲出的亲切。觉得这条路很是通透，干干净净的，沿街的小洋房把明媚的花园向外敞开着，宁静安谧之中又有着俏丽单纯。尤其是弄堂里的那些老建筑群，令我兜兜转转，在那一带走了好久，总感觉哪里有隐隐的琴声在招呼我。

从一个小寺庙发展而来的新华路被称为“外国弄堂”，那里有英国乡村式花园住宅，白色的粉墙露出黑色的木框架。有法式风情风格建筑，布局上突出轴线的对称、恢宏的气势，廊柱、雕花、线条，制作工艺精细考究，屋顶上多有精致的老虎窗。这一群老洋房多带有庭院，庭院四周植物茂密，成为主角，房子好像成了绿树中的美妙点缀。

为了这份好感，我把家搬到了附近，从此把这条路看成是“自己的地方”。我爱在夜间散步，新华路的夜晚如散淡柔美的美少女，灯光下有优越的风情，比白天迷人多了。

一座城市要有骄人的面貌和深厚的底蕴，最金贵的东西有两条——文化品位和历史沿革。横跨世纪的上海优秀老建筑已经越来越少了，它们真是应该被当成一颗颗亮丽的珠子那么精心保护的。

过街楼

沈嘉禄

▶▶ 印海蓉

侧 耳 有 声

沈嘉禄，作家，高级记者。著有长篇小说、中短篇小说集、散文集、文化评论集等三十余种，作品多次获《上海文学》《萌芽》等文学奖。

风雨沧桑，暑往秋来，不管石库门弄堂如何衰败，弄堂口的面貌总是富有情调的，甚至有些奢华的陈腐气息。同为砖瓦，它的欧化倾向却更加明显，也许是当年造房子时，技高一筹的工匠喜欢在此炫耀一番，以博承建商的青目。我说的是过街楼的建筑形态，它是整条弄堂的封面，序曲，开场锣鼓，也是上海人的一张脸。

它只有两层楼那么高，但在一大片灰色的屋脊中鹤立鸡群。它实际上就是尖尖的或圆圆的门楼顶，上面有花枝缠绕的浮雕，窗子也很宽大，窗棂花哨，玻璃也许是彩色的。讲究一点的过街楼还像模像样地立着四根微型罗马柱。窗子下面有一方匾额大小的空白，用水泥砌出立体字：尚贤坊、兰香里、公益里等，仔细看去，这些颜体、欧体或魏碑体写得很谦虚、朴实、温雅，一点也没有现代书家的张狂与浮躁。有一个叫唐驼的人经常为弄堂题名，上海的地方志应该为他记一笔。他是个驼背。“文革”初期破旧立新，大家对改名发生了极大兴趣，于是弄堂也有了那份改名换姓的荣耀，一夜之间出现了许多条红卫里、向东坊。风雨过后，那些民间书法家写的字从水泥封填的匾额里蝉蜕出来，像出土文物那样有了沉甸甸的潮气。仰头阅读这些弄名时我不禁会想：我真是太年轻了！

弄堂口的那个过街楼在我儿时看来是顶顶有趣的房子，它赛过一个把守关隘的桥头堡，有人扑在窗口，可以看到整条街面的动静，有千里江山尽收眼底的奇妙。我有一个同学就住在这样的过街楼，我去玩过，如愿以偿地扑在窗口看街景。当衣冠楚楚的大人们进入弄堂，从我脚底下走过时，我真想蹦跳几下，赏他几缕灰尘。

过街楼底下就是弄堂的出入口，过去是有铁门的，大跃进年代拆了。不知从何时起，弄堂口有了违章搭建，一般是用木板搭间小屋，住清扫弄堂的老头，拾破烂的老太，他们没有子女，孤苦伶仃，后来也有公用电话亭和烟杂店。现在老头老太不见了，多了一些水果摊、服装摊，人进人出的时候得小心点，别碰倒了摊头引起争吵。过街楼下有这类生意，整条弄堂就热闹多了。讨价还价，吆喝，吵架，打情骂俏，流行歌曲，构成了弄堂生活的情调。

有一天我和一个老司机聊天，问起他家住在哪里，他不由得脸红了。他说，不算太挤，就是有点坍台，因为住的是过街楼。我很奇怪，第一次听到有这样的说法。他又补充说，过街楼以前都是看弄堂的人住的，有钱人家从来不住过街楼，悬在半空中不像样呀。

石库门老了，上海人的面孔上皱纹多了，它究竟有多老呢？抬头看一看过街楼吧。在顶与窗之间，当年工匠没有留下姓名，却大模大样地留下了建筑年份：1920、1923、1933……它倒没有倚老卖老的意思，但喜欢涂几句诗的年轻人也许会说：它是历史的见证人，它俯瞰着上海从黑暗走进光明。

而我，更愿意说一声：您好，老伯伯！

『沙丁鱼』生活记

薛舒

▶▶施　琰

侧　耳　有　声

薛舒，中国作家协会全国委员会委员、上海市作家协会副主席。曾获《人民文学》《上海文学》《中国作家》等文学奖。著有小说集《成人记》《婚纱照》《香鼻头》等，长篇小说《残镇》《问鬼》，长篇非虚构作品《远去的人》等。

很多年前，有一位作家在某篇文章里把上海的公交车比喻为“沙丁鱼罐头”，因为真实贴切，于是这种比喻被沿用至今。只是小时候读到“沙丁鱼罐头”这几个字，脑子里总是充斥着喷香馋人的气味，这种食品以高档和美味名扬中外，普通百姓通常消受不起。沙丁鱼，听名字想必是外来鱼种，中国人，至少是上海人，从没见过新鲜的沙丁鱼。所以童年时代，我想象中的沙丁鱼，就是一条条油炸后用五香调料卤过的小黄鱼。

直到长大后才知道，其实罐头更多是为穷人食用的方便简易食品，有钱人不爱吃罐头，有钱人吃新鲜的，当然，那是发生在外国人身上的事。也许公交车这种交通工具，正是起源于西方工业革命，因此乘坐公交车的人，也须用某类西方鱼种来比喻才更显生动可信。亦或首先用到“沙丁鱼罐头”的那位作家是外国人，他（她）是从小吃着那种一小尾一小尾廉价的沙丁鱼长大的，所以，挤在这种公共交通工具中的平民，便只能是沙丁鱼，而非金枪鱼或者大马哈鱼。可是在我的童年记忆中，穷人是根本吃不起罐头的，平民家庭一般只在逢年过节、探病送礼时才用罐头。也就是说，三四十年前的中国，罐头是一种高档礼品。

三四十年过去了，大上海的交通问题依然严峻，“沙丁鱼罐头”依然当仁不让地作为公共交通工具的比喻而存在，我依然在身处拥挤的地铁车厢时，把亲密无间到前心贴后背的人们默默地叫作“沙丁鱼”，而非“小黄鱼”，当然，我也是其中一条。

事实上，说了那么多我想象中的“沙丁鱼罐头”，却不是今天的主题。真正想说的是，作为一条沙丁鱼，我常常在属于我的集体宿舍里观察别的沙丁鱼，我和所有的沙丁鱼一样，活得不是很容易，但也不算太不堪。至少我们没有因为被装进罐头而变成一只臭虫，我们依然是一条沙丁鱼，或者小黄鱼。只是，被装进罐头的我们，因为空间的狭小和空气的污浊而被捂得过度成熟，以至于烂熟，于是，我们很容易就遗忘了自己作为一条鱼的优雅和美丽。是的，在罐头里，我们常常因为逼仄与壅塞而狼狈不堪，甚至丑陋。鱼是应该生活在水里的，鱼要是进了罐头，还是鱼吗？

那天坐地铁，上班高峰段，自然是百分百的“沙丁鱼罐头”。车门边有一条年轻的美女沙丁鱼很是惹眼，留着黄色披肩发，戴着大框眼镜，耳廓里塞着耳机，手里捏着那种叫什么水果的手机，“旁若无鱼”地沉浸于自己的视听世界，好像这个罐头就是一泓鱼池，身在其中，便是如鱼得水，自若悠然哉！然而，不防一个紧急刹车，正专注于音乐世界的美女沙丁鱼在惯性作用下竟毫无悬念地一头扑入了身旁一尾中年男鱼怀中。

中年男鱼幸运地被天上掉下来的馅饼砸到，他

“魔都”地铁——

无辜地拥抱着美女鱼，脸上霎时荡漾起一阵幸福的红晕。美女沙丁鱼一声尖叫，撑住中年男鱼胸膛想推开他，可是车厢内拥挤到几无缝隙，两条鱼尴尬的推搡恰似缠绵的纠绕。美女鱼恼羞成怒，不知是要动武，还是要掩住那张凑得实在太近的脸，扬起手朝中年男鱼面门甩去。车门恰在那时开启，很不幸，美女鱼的眼镜在她自己的扬手挑拨下悠然脱离鼻梁，施施然飞出了罐头，落到了站台上。更不幸的是，中年男鱼的脑袋居然也像一颗软塌塌的黑球，脱离他原来安放的肩膀，追随着美女鱼的眼镜飞射而出，沉甸甸地落于站台，“呼啦啦”一下扑在了美女鱼的眼镜之上。

整车鱼顿时发出一片惊叫声，扭头看车厢内的中年男鱼，这条可怜的沙丁鱼正顶着他那颗光芒四射的秃脑袋，目瞪口呆地盯着站台水泥地上已然脱离主体的黑发脑袋，脸上的幸福红晕早已被羞愤的煞白掩盖，颤抖的嘴唇里爆出一声惨烈的呼救：我的假发套！

整车厢的惊叫声立即被一阵哄堂大笑替代，笑声中，美女鱼的尖叫脱颖而出：你赔我眼镜！

这一声喊叫让中年男鱼霎时怔住，他看了看不再戴着眼镜的美女鱼，又看了看站台上紧依在一起的眼镜和黑色头颅，终于爆发出一声发自丹田的愤怒吼叫：你赔我假发套——

接下来，这两条年龄差距悬殊的沙丁鱼便如一对反目成仇的老夫少妻，开始了喋喋不休的争吵。站台上的眼镜和假发套却像另一对恩爱夫妻，以相依相偎的姿势旁观着车门内这对老夫少妻的战争。三两声虚弱的劝架夹杂其中：不要吵了，车门要关了。

正在危急关头，站在这两人身后的一位瘦男孩，哦不，一条年轻的沙丁男鱼，忽然拨开争吵的两条鱼，一个箭步冲出车门，迅速捡起假发套和眼镜框，直起身回头快速朝车门内用力一挤。就在青年男鱼重新入罐的当口，车门擦着他消瘦的背合拢了。众鱼齐齐拍胸脯惊叹青年男鱼胆大心细动作迅捷，而他却已笑得白牙齿露了一嘴，鲨鱼似的虚张声势。笑完，冒充鲨鱼的青年沙丁男鱼一手托着眼镜，对气急败坏的美女鱼朗朗而道：拗拗造型的，又没有镜片，摔不坏，别叫人家赔啦。

说完，又把另一只手里的假发套往中年男鱼头上一扣：很好哦，没坏，大叔，还能戴……

美女鱼接过镜框，羞怒而道：这是国外买的原装名牌货，你有钱也赔不起……声音明显轻了许多。美女鱼翻着白眼把镜框架上鼻梁，顿时，长得实在过分的眼睫毛生生戳出两个镜框外一厘米有余……原来，眼镜是假的，睫毛也是假的。

中年男鱼扯着戴得有点歪的假发套，一边诺诺地抱怨：还说没坏，都走形了，要是戴不上去还是要赔的……这么说着，假发套终于很敬业地把中年男鱼光芒四射的脑袋裹进了它温暖黑暗的怀抱。

喧嚣的“沙丁鱼罐头”渐渐沉静下来，罐内依然拥挤，几乎人人闭着嘴，捏着自己的手机低头摆弄。亲密无间到前胸贴后背的鱼们，总是不太愿意让自己的目光与另一条鱼的目光来一次交遇和汇集，亦是不愿意承认，他们与周围的任何一条鱼一样，来自同一条河流，此刻正同车共济。

停靠下一站时，年轻的沙丁男鱼到了，跨出罐头的那一刻，他回头看了一眼美女鱼和中年男鱼，咧开嘴角无声一笑，然后，矫捷的鱼影朝人流中一钻，消失在了站台上。可他那笑的样子却留在了我的脑中，不无揶揄的眼神，露出满口白牙齿，笑得不知天高地厚，像一条虚张声势的鲨鱼。

车门关闭，载着一车沙丁鱼的罐头重新启动，罐内依然逼仄，空气依然污浊，鱼们依然不记得，其实，在水里的时候，他们曾经是那么优雅，那么美丽……

空间的上海

小白

▶▶ 高嵩

侧耳有声

小白，作家，供职于上海市作协。著有小说《租界》《封锁》，散文集《偷窥与表演》等。

假如去上海图书馆近代文献室查阅旧报刊，或者到上海档案馆。你去搜检馆内收存的无数老照片，长时间观看那些电子格式照片，鼠标慢慢滑动、停下来，倒回去看前面那幅。你挑选一些推送到服务台，让他们帮忙打印。拿着打印在照相纸上的照片，你再一次仔细观看。如果坚持这个过程，几天、几个星期，你对这座城市，会渐渐形成另一种空间感，叠加在那些你原本觉得了如指掌的地方。

比如茂名南路和长乐路交汇处，酒店和剧场环绕的繁忙路口。你原本就很熟悉这个地方。你现在可以在头脑中，让街区沿着逆转的时间线叠化，就像电影里常见的那种把戏。你会察觉地面在缓缓升高，在近百年时间里它们沉降了不少；天际线变得空旷，街口变得宽阔，变得像一个广场。这里果真曾是广场。从前，有很多市政公共活动在此举行。典礼，阅兵式。

如果时间逆转，街道会变成河，河网连接，船成了最重要的交通工具。时间越往后退，建筑就越来越离散，在大厦与大厦之间，出现大量棚屋、荒地和农田。人是自然聚居，商业是随机投资，一切都充满偶然。景观在时间中慢慢成型，密集和空疏、繁华和冷清，不同地方形成各自不同的外观。

起初，这里真是大片河滩，江水泛滥冲积，只有无边的泥滩、河汊和芦苇丛。靠近老城厢的江边偶尔有些码头和修船作坊。海水常常倒灌，所以地都不是良田。一旦开埠，乡民乐于把田地卖给外商。于是短短三五十年，河滩很快被分割，造起一幢幢大楼。并没有横平竖直，因为没人愿意花钱买下土地，还要负责填河。所以每家洋行量买土地，都是从一条小河量到另一条小河，在河道间建造房屋。等到公共市政着手规划，分隔大厦的小河就填埋成了道路。清政府签署的《上海土地章程》约定，外商可以在江边建造码头，但必须让出一条纤道，这条纤道就成了今日外滩。

20世纪上海城市空间，变化最剧烈的历史时间段可能有两次。一次是从90年代中后开始，至今仍在延续。另一次则是整个30年代。1930年初，长江中下游发生百年一遇大水灾，造成大量难民涌入上海。与此同时，因为内地战乱频仍，大量资本也麇集于此。人口和资本急剧增长，引发地产投资热潮。南京政府原以江浙为财薮，此刻便制定“大上海计划”，着力开发城市东北杨浦地区。但是1932年初，突然发生“一·二八”事变，日军悍然侵略上海。那时他们还不敢挑战列强、染指租界，便在中国政府管辖地界狂轰滥炸。“大上海计划”已建工程一夜间付之一炬。

就在事变发生后不久，租界地区的房地产大开发开始了。上海今日不少著名历史建筑，多在那时开工营建。此前上海华商资本多年积累，已渐成势力。

南京政府推动大上海建设计划，华商资本抓住时机，在相关地界大量购买土地、开工建造。吸引大量市民到那里置业定居。这些地区的房产市场一时间大有超过租界之势，日军突然入侵，不仅炸毁了很多建筑和街区，也炸毁了华商开发资本和市民购房者的投资信心，颇有几位中国大地产商由此一蹶不振。更多华人资本则回头投入租界，成为外国资本的附骥，在这中间，财富和人的聚合离散，想来也有无数风云变幻的故事湮没其中。

20 世纪 30 年代末日军全面入侵中国，此后多年战乱，1949 年后上海又承担全国财政支出重任，因此直到 20 世纪 80 年代，上海的城市空间与 20 世纪 30 年代相比，似乎没有显著变化。我翻阅 20 世纪旧上海档案资料所得，多能从记忆中的 20 世纪 80 年代上海获得印证。

一个人对往昔岁月的回忆，常常与空间感有关。

我小时候的上海，尤其是中心城区，马路极窄，没有很多汽车。所以上学、甚至去幼儿园，我们都是自己上学。在记忆中，城市里有很多围墙，有些很高，有些则是涂漆的篱笆。这些围墙总是显得很神秘。围墙背后是你可能永远也进不去的空间。

我记忆中的上海，在街道和建筑背后，总是有很多陌生的地方。它们就像城市的腹地，像迷宫一般、却总能通往另一条马路的弄堂；神奇的城中村落——都市建筑夹缝间突然展现大片棚户；一些莫名在此的荒地，荒地上长满野草，草丛中有破裂的瓶子，有碎砖，有无数你永远也搞不懂为何出现在那里的东西。我上了六年的中学，在它的足球场后面，就有那么一片比球场更广阔的荒地。暑假过后开学，我们要去“劳动”，去拔草，草长得那么高，高得让人可以在那里冒险。于是在一个角落，我们发现了防空洞入口，从此，又一个神秘空间打开了。

那些神秘的都市“腹地”，早已彻底消失，那些漠然耸立的围墙，如今也很少看见。现在，这座城市变得如同橱窗，一切都在它的表面。没有了那些围墙和腹地，城市好像少了一些秘密的空间，在那些空间里，原本会有很多故事、很多意外和想象。而橱窗里，会有什么样的故事呢?

穿过城市去一所大学

路内

▶▶ 金涛

侧耳有声

路内，作家，供职于上海作家协会。著有《少年巴比伦》《雾行者》《关于告别的一切》等。

20世纪90年代初期的上海火车站，与现在一样站分南北两座广场。北广场荒凉破败，出站一看基本等同于四线城市，南广场则开阔，无数公交车，且都是分两节的长龙汽车，售票员极为剽悍，举小旗，吹哨子，威风凛凛。如果是第一次到上海，手拿一张地图的话，找站头就变成了一件看运气的事，运气糟糕的话，会在南广场东西两头往返奔走好几趟，身上还背着行李就更别提了。根据我的经验，如果你在当时的南广场问询，某某汽车站在哪儿——首先是没几个人搞得清，其次是搞得清也可能指错。遇到特别热心的上海阿姨，她们会问你到底要去哪里，然后帮你规划出一条经济可行的路线，好几个人一起商量，还会吵起来。我朋友曾经被一位阿姨追着喊："记住，看见教堂就下车，在那里换车！"后来他说看见所有的石库门房子都以为是教堂，眼睛都花了。

火车站通常是某路公交车的总站，在这里，队伍分为两列，一列是坐队，一列是站队。坐队排得也很长，车来了，坐满，他们就不上去了，宁可多等几十分钟，必须坐到下一趟车上去。我当时还挺年轻的，腿脚利索，很难理解为什么有人乘公交车都想坐着，很多城市的公交车根本就把座位全都拆了，管你老弱病残，全员只能站或蹲。等到真的“站”上了那辆车，晃了一个小时还没到徐家汇，这时确乎会感到一丝懊恼，想打瞌睡，但售票员又会把我敲醒。我无法理解，后来别人告诉我这售票员是个好人，必定是车上有小偷，她不让我站着睡觉是为我好。

我要去的地方是华东化工学院，简称华化，也就是现在的华东理工大学，它位于上海市的南侧。为什么要去那里？因为我所居住的那个新村，有一大半都是化工厂的职工，他们的子女出于一种古老的子承父业的心态（混不好了还能回到爸爸厂里），大学往往考到华化。因此我颇有几个发小在该校就读。我坐一小时的火车来到上海，交大复旦同济一概不知道，直奔城市南端的华化，那里还有著名的锦江乐园，当年只有优等生才会被学校组织到此一日游，在摩天轮上早恋三十分钟，而我从来没获得过这种待遇。

汽车从火车站开出来，进入另一个世界，在晴朗的日子里上海是很美的，尤其秋天，阳光穿过行道树落在车窗上，有一种极为绚丽的迷幻感，如果下雨下雪，则是另一种况味。这时更觉得排个“坐队”是值得的。街道很窄，当公交车停下时，右侧车窗外的建筑、树木、小店、书报亭，很近很近，城市熟悉的烟火气和一种恰如其分的疏离感会同时呈现。有一回公交车不知道出于什么原因停在了一座电话亭前面，某位穿睡衣的姑娘在里面煲电话粥。那个年代中国最出名的打扮就是上海女子穿着半透明睡衣在街上行走，北京老爷们儿撩起汗背心到胸口，称之为“北京比基尼”，均深受中外人士赞赏。我坐在公交车上百无聊赖，除了看那姑娘打电话，眼睛也没地方可放。她打了很久很久，车也停了很久很久。

以这样的方式穿过城市，在没有手机的年代，在乘不起出租车的年代，混同于上海的平均节奏，既不能更快，也不能更慢。直到很久以后我才意识到，那是一个临界的年代，一切即将依照某种原则进行翻修，值得保留的被保留，不太合格的遭到剔除。城市将会以一种近乎神的态度出现，左手鲜花，右手利剑，而在我望着街景匀速穿过它的那一趟趟旅程中，上海仍然持有着旧时代的暧昧和天真，单纯地把时髦理解为时髦，把钱理解为钱，把爱情理解为爱情。

到万体馆附近就该换车了，这一位置是上海市区的边缘地带，再往南走就是郊区，景色和小城市没什么区别。所有人跌跌撞撞下车，活动手脚，呼吸新鲜空气，个别人由于晕车而呕吐，至于我，往往像是从梦里醒来。这一带树不多，公交车变得很脏，1975 年

人民公园排队往事 ——

落成的上海体育馆和1986年开业的华亭宾馆，两栋建筑十分醒目。市区那种混合着阳光与落叶的暖色调消失了，天空变得开阔，晴天的蓝或是阴天的灰，总之是冷色调的。我会找个公用电话亭，打电话给大学寝室里的发小，告诉他们本人即将抵达终点。

向南延伸的道路给我留下的印象是噪杂、混乱、灰尘弥漫。没办法，路走到这一段时常常是到了下午，大伙下班回家的时刻，景色极为平常，可以看到农田，近似乡村公路两侧的大树连根掘起，东倒西歪，那意味着道路将要拓宽。这段不太长的路，倘若运气不好会开上很久很久。

那一次，车到站时天已经快黑了，我背着一个挺不错的雪花牛仔布双肩包，没错，在其后年代里那是农民工的标配，但我背着的那一刻还是挺时髦、挺文青的。我昏头昏脑，看见了铁路，看见了工地和厂房，高压线，有什么地方在烧电焊。我理解到自己应该是穿过了上海，我的朋友们在车站附近等我，像那个年代的所有大学生一样，穿得破破烂烂，戴着近视眼镜，满口粗话，斯文而狂野。他们问我感受如何，我说谢谢你们，你们要是考上华东师大我就不必这么费劲跋涉了。

我们穿过铁路向学校走去，没有校门，他们带着我来到一堵围墙边。有人把我的背包摘下来扔过了墙头，我问这是什么意思，他们让我爬过去。校门很远，还要走两站路，爬墙比较方便，进去以后就是寝室区。我说那包里有个随身听，现可能已经摔碎了。接着我看到几个穿牛仔服的女生麻利地从墙头翻出来，哈哈大笑，往汽车站去了。

我把双手搭上墙头的时候忽然意识到自己是翻墙从工厂里溜出来的，使用了多种交通工具，不计其数的街道马路，最后以翻墙的姿态到达终点。90年代小青年的基本技能就是翻墙，不会翻墙意味着人格不健全。我有点走神，停在半空。朋友们在我身后大喊起来：快点啦，舞会要开始了。我想起来了：嘿！周末翘班跑了二百里路，就是为了来参加一场夜晚的大学生舞会。我站在墙头上短暂地回望，感觉自己走过了好几个大陆，非洲，欧洲，亚洲，而那场舞会才是我要抵达的心脏。不管你对这世界持什么看法，祝你开心到下个世纪。

爱神花园醒了

孔明珠

▶▶ 雷小雪

侧 耳 有 声

孔明珠，上海作协理事，中国作协会员。以小说、散文创作为主，曾获《上海文学》散文奖和冰心散文奖。

巨鹿路作家协会的爱神花园很美，作协有重要文学会议集体合影，有作家接受电视台采访，有报刊杂志要拍摄作家的照片，作家拍新书影，都喜欢选择在爱神花园。

爱神花园在文学青年眼里很神圣，门槛很高。年轻时我没有机会在那里工作，难得去送个稿子见个编辑会很紧张，不知道该穿哪件衣服，焦虑得很。幸运如我，退休后去了那里做点事情，能自由进出爱神花园最让我欣喜。而我第一个办公的房间，据说是全爱神花园最好的房间。那间办公室朝南有一只半圆形向外突出的铸铁阳台像极了罗密欧与朱丽叶约会的阳台。春天时，黄色蓬勃的木香枝条仿佛从天上垂下来，小黄花开得没心没肺，早晨很多枝条还带着露水，尖端伸出毛茸茸的小爪子，在阳台优美的栏杆上嗖嗖往前攀行，爬上钢窗和外墙。

今年约摸是心情的关系，春天有点姗姗来迟。因疫情在家闷过了冬季，到3月中旬终于可以进爱神花园那天，兴奋地拍了几张花园照片贴朋友圈，女友小蛮看见了，她问木香花开了没有呀？我在园子里抬头望向阳台，木香花一朵都没开，主楼大厅外的爱奥尼柱上缠绕的仍然是枯藤。那天我拿到《收获》做的纪念杯，淡青色杯面上有余华的小说名“活着”两字，心里一嗝，联想到此次全世界新冠肺炎的高危人群年龄划线，感叹“世界变化太大，六十五岁以上让你活着已要感恩”。

第二周去爱神花园，念着与小蛮的木香花之约，又抬头看，发现木香花已开得星星点点，绿色枝条活泼地飘扬，墙面、柱子上的枯藤钻出绿色小叶子，我拍下春讯存在手机里，告诉自己不要急，疫情阻挡不了春天的脚步，我们留恋的从前，比如爱神花园那四季繁花，都会回来的。

四月头一天，小蛮穿了件大红薄呢风衣如约而至，木香花已在高处开成一团一团，藤蔓遮住半个阳台，枝条上小黄花在跳舞。我带她在爱神花园兜了一圈，艳红的茶花、粉白的海棠、五彩蝴蝶花，还有树上快过气的樱花，刚刚修过的草坪散发出青草汁水的气味，让我们隔着口罩深深呼吸浅浅陶醉。红衣小蛮眼睛亮晶晶的，朝向爱奥尼柱上的片片新叶，踮脚尖做了个双手迎送的阿拉贝斯克经典芭蕾舞动作，好美！我们就势坐到南门廊圆石凳上，脸向着喷泉水池中女神普绪克雕像，聊着天。

又过了一周，爱神花园真正醒过来了。木香花满开，大蓬大蓬从东南面屋顶披挂下来。喷水池周围的草坪上，酢浆草中密布桃红、雪青小花，长寿的天竺子艳红。主楼西南面二楼《上海文化》编辑部那个小阳台，已经被攀缘植物的绿叶覆盖到打不开落地钢窗，跟着长上去的月季花次第开放，深红色、玫瑰色，有的花朵大过拳头相当肥。5号楼门前那棵漂亮的树，伞型树盖，叶片薄薄的有五个角，这树别名叫五角枫，可学名叫鸡爪槭。铁锈红叶片层层叠叠合在一起顺着风轻轻扇舞，我觉得比满树鲜花优雅，何况铁锈红是我现在年龄最喜欢的颜色了。

猫呢？爱神花园以前有很多自由猫，我不喜欢管貌似无所归属的猫叫野猫或者流浪猫，如果大家都对猫咪态度仁慈的话，来去自由的生活状态是猫们最喜欢的。听说爱神花园隔壁那位爱猫如命的李医生病了很久了，她已不能每天到花园里来放猫粮和清水。李医生把所有的退休工资都花在无家可归的猫身上，她的家门永远敞开，最多的时候有18只猫过去睡觉。

那些猫白天会来爱神花园嬉戏晒太阳，中午我们在食堂用餐，常有人省下半盒酸奶请它们当点心。这些猫都有很好的身材，警惕性颇高。没有人打乒乓球时，它们爱伏在大厅宽阔门廊的乒乓桌上歇息，我常轻轻地坐到台阶上与猫咪搭讪，拍照，想抱抱它们总归是单相思。好吧猫咪们，春天过去很快就夏天了，来看看醒来的爱神花园吧。活着，和人类一起，捡起如往常一般的好日子。

我们没有时间缅怀

张屏瑾

▶▶ 袁 鸣

侧 耳 有 声

张屏瑾，文学博士，同济大学人文学院中文系教授、博士生导师。著有《摩登 · 革命：都市经验与先锋美学》《追随巨大的灵魂》《我们的木兰》《女性影像手册》等。

“我们没有时间缅怀。”这是近日所看的电视剧《三体》中的一句对白。一听之下，勾起了许多与电视剧情节无关的感触，对这四十年来的日子，对匆匆流过的城市生活，对我们拥有又失去了的时光。

这座城市曾沉迷于怀旧故事中，眼望着一百年前“前世”的浮光掠影，倏忽之间，自己也已经在“现世”时光里沉淀了一遍。越来越多的四十年前、三十年前的东西出现在怀旧手册上，使这手册添了许多的新页。怀旧指向时间的累积，但我们手头新鲜活泼的时间却越来越少了。一百年前，有个叫刘呐鸥的现代派小说家，写了一篇《两个时间的不感症者》，四十年来，在这城市的加速度变化中，我们对时间并非不感，而是超感——超级地、过度地占有，膜拜每一次改造，填满每一处空隙，像是订好了契约的浮士德博士，事功心切，绝不可停留。

我出生在上海，也很少离开上海，受我母亲这一代人的影响巨大，在他们这代人眼里，上海是唯一值得一活的地方。并不能简单地说他们想法狭隘，只是他们的生命恰好切入了这样一段时光的隧道，多么特殊的一群上海市民，前所未有，也不会再有了。而我近来在上海的生活渐渐有一种恍惚疑惑之感，无论是坐车在高架桥上飞驰，还是在熟悉的大街小巷漫步，或者为了寻找一个陌生的地址而反复使用手机定位。感觉逝去的年华越来越难以追寻，难以辨认，疑惑自己和上一代人的生活痕迹是否越来越稀少。即便如此，还是在旧的蝉蜕般的城市的外壳中充当一个见证人。一个蹩脚的见证人，糊里糊涂赶着时间，眼睛睁开，黄昏已降临。

母亲去世于2019年，在她病的最后一年里，我们有时去边上的宛平路一带散步，她看到那大院外黝黑的竹篱笆墙，说，这物什可越来越看不见了。我们常常聊起过去的人与事，我发现，她对那些剧烈变化的态度是漠然的，这出乎我的意料。她又说起小时候，20 世纪 50 年代，班里有资本家后代的同学，请她们这些弄堂小姑娘到家里去玩，“我才知道还有那么样一种生活”。

唯有上海话还留在舌尖，语言是最后的怀旧工具，语言是不属于消费主义的，它是生活流。而母亲走了以后，我很少再说上海话。

但我仍然试图去思考这种常常来袭的恍惚感，为什么，是什么时候开始的？像很多人一样，我在记忆库里搜寻一些具体的变化：小学校舍扩建了，中学校舍搬迁了，儿时家边上，能装下一万人的体育馆十年来几乎都是工地，新楼取代了老楼，一个地址上一连串的店铺开出来又默默结束，招牌被统一了，招牌统一被批评了……后来我想到了那部电影，《迷失东京》，男主角出了机场，搭上一辆出租车，进入东京街头，迷乱的时间开始展现。这部电影对城市时间的流动性有着极佳的展现，据说是因为资金有限，只能大量偷拍街景的缘故。

记忆不也是如此吗？像一个没有条件展现全貌的摄影师，只能依靠短小片段来闪回，闪回。更多的时候，是我们埋首于此时此地的生活，以及对明天的向往、计划与野心，我们能拨给记忆的闲暇很少，很少，一直到生命的最后时刻。

《迷失东京》里的男主角最先搭上的那辆出租车是如此重要，像诺亚登上方舟，到了一个怪奇的东方大城市，遍地霓虹灯和杂乱的人流像大洪水。交通工具，意味着自我救赎，意味着对城市的观看和通过，也意味着与过去挥手作别，奔向新的目标，永远在路上。

此刻我想起，在这座城市里曾经每个人都靠自行车上路。那么久以前，在寒冷的冬天的清晨，整座城市陷于灰暗迷蒙的水汽和雾霾之中，灰色的天际线下，是密密麻麻一大群不分彼此的骑自行车的人，随着交通信号灯的变化，缓缓地朝前流淌。一个小女孩背着书包走路上学，她看见人行道上有一个黑色的老年人，用一种奇怪的埋伏的姿态，蹲守静候在那里，好奇心让她停下脚步看他在等什么。她看见他突然奋不顾身地扑向车流，扑倒其中一个骑车人，激烈的扭打撕裂了车流，又悄无声息地合上，至少在她的记忆中是无声的。

后来她的家搬远了，不再能走路上学，不得不去坐公交车。母亲每天早上骑自行车带她到公交车站，必须自己去挤车，那种难堪的拥挤，是城市生活给幼小心灵刻下的最初印象。公交车其实很慢，并不是因为堵车，而是因为每一站要花很多的时间，让不可能的人数再挤上来一些。如果是电车，走着走着忽然停了下来——小辫子掉了，驾驶员打开车门，爬上车厢去修那辫子。还有那分开三节的巨龙，母亲提醒一定要注意，因为有人从中间香蕉车厢的连接处掉下去过，于是她做梦也梦见那黑洞……

对现代城市生活来说，无论自行车还是公交车都是缓慢的象征，时间真正的加速是从地铁建成开始的。地铁是现代大城市的灵魂。我们目睹了第一条地铁线在家门口通过，我和父亲、母亲都成了上海地铁的第一批乘客。没有安检，没有闸机，没有卡票，举在手里的是一张三色纸票。早班地铁刚开始并没有那么早，坐第一班上学也会迟到，但宁可迟到，也要选择这现代生活的象征物。我和我的同学们，念了高中，父母们开始衰老，我们的人生都开始提速：“我听见风，来自地铁和人海。”其实不像这首歌的主题那样忧伤，而是令人振奋的地铁和人海，一往无前似的。多年以后，有一个云南来的学生告诉我，她和她的老父亲在人民广场地铁站，难以适应周围人快速的脚步，进退两难，几乎跌倒，“每个人都在赶赶赶，并且他们从不扭头看看别人”。又过了几年，我去纽约坐了几个月地铁，那潮湿空洞的地下风，形形色色的纽约客，乱糟糟的涂鸦和卖艺，相比之下着实令人惆怅，坐来坐去仿佛已经坐到了时间的尽头。

追溯这些自行车、电车和地铁的故事，不是特意要去翻动那本怀旧的时光手册，更多地是出于某种对失忆的恐惧。现时的生活，马路和记忆都越来越堵塞，人依然在寻找加速奔赴未来的方式，无人驾驶已提上议程，而过去的人物和交通都渐渐凋零。愿我们能以比怀旧更深沉的态度去对待逝去的一切，也愿我们此刻就能停留下来，去欣赏和赞叹眼前的诗。

2023 年 3 月，写于春天的阁楼上

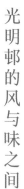

光明邨的风与味之间

往昔这条著名马路上的居住经验，就好比“肉馒头下衬着的那张油纸”，馒头吃下去了，香味道还留在油纸上。

——沈轶伦

时代咖啡馆（节选）

陈丹燕

陈丹燕，作家。著有非虚构作品《上海的风花雪月》《上海的金枝玉叶》《上海的红颜遗事》《外滩：影像与传奇》《公家花园的迷宫》《成为和平饭店》，青少年文学作品《一个女孩》《我的妈妈是精灵》《女中学生三部曲》《独生子女宣言》。

▶▶ 印海蓉

侧 耳 有 声

这个咖啡馆在上海人最喜欢的淮海中路上，四周有老牌的西点店，有贵的百货店，楼里面有长长的电动扶梯，一路上去，还没有到地面的时候，先就看到了从外国来的那些闪闪发光的东西，店面里还有轻轻的音乐。还有许多门面看上去不错、价钱公道、货色也算时髦的店铺，是上海精明的年轻女孩子最常去的地方。她们约一两个好友，一家家店铺看下来，和店员讲讲价钱，看中了的，也会大包小包地买回来，走累了，常常就看到了这家咖啡馆——从前是一家电影院，后来改装成一个娱乐总会，二楼就是一个咖啡馆，有电影院那么大的一家咖啡馆，还分了两层楼，四个座的小长桌子，看上去很小。一走进去的时候，都觉得自己是走到一个开舞会的地方。

那是个上海市民的咖啡馆，是那种流传着“好男不上班，好女嫁老板”的上海人去会朋友、谈生意的地方。他们都有点改变自己原来生活的志向，也都切切实实地做出过努力，而且也有了最初的进步。要不然，他们也不能在下午 1 点以后，穿着上海滩上时髦的衣服，画好了眉毛，手里握着一个大哥大，皮鞋亮亮的来喝咖啡；也不能在走进门来的那一刻全身都是得意而精明的神气。

这咖啡馆的咖啡十五块一杯，还有果汁和东南亚进口来的水果茶，二十五块钱。要是要到一份炸鸡翅、炸薯条、时代炒饭连汤、三明治或者面条什么的，可以饱饱地吃一顿饭了。比起来，它们是贵了一点，可没有过分。

这地方轻轻地响着音乐，外国轻音乐，柔和的，有一点异乡情调，但不先锋。年轻的领台小姐恭谦而不俗，你不理她，她也对你一声声地问着好。桌子上的番茄沙司是进口的，小舞台上的白色钢琴能自动演奏轻音乐，看上去很有一点洋派。这里的客人喜欢有一点洋派的东西，包括这里暖暖的咖啡香，都让人想

咖啡店 ——

到一点点的与本土中国的不同，但也没有洋派到温和的中国胃不能接受。这就是上海的气息，让上海弄堂里的人走遍中国都要怀念的气息。客人也都体体面面，有些闲钱又积极进取的样子，可又不高贵逼人。

大玻璃墙对着街口，靠窗的小桌子是客人最喜欢的位子。隔着不停地晃动的黄铜大钟摆，能看到淮海中路上衣着光鲜的人们，从对面的大百货店出来了，进去了。那黄铜大钟，据说是改建的时候专门从美国定做来的，有四层楼那么高，很是气派。外面的人也能站在对街，看到钟摆后面的人，隔着大玻璃也能看到他们在那里闲神定气地享受着他们的生活。

上海的市民常常有着两种生活，一种是面向大街的生活，每个人都收拾得体体面面，纹丝不乱，丰衣足食的样子，看上去，生活得真是得意而幸福。商店也是这样，向着大街的那一面霓虹闪烁，笑脸相迎，样样东西都亮闪闪的，接受别人目光的考验。而背着大街的弄堂后门，堆着没有拆包的货物，走过来上班的店员，窄小的过道上墙都是黑的，被人的衣服擦得发亮。小姐还没有梳妆好，吃到一半的菜馒头上留着擦上去的口红印子。而人呢，第二种生活是在弄堂里的，私人家里的，穿家常衣服，头上做了花花绿绿的发卷，利落地把家里的小块地毯挂到梧桐树上打灰，到底觉得吸尘器弄不清爽。男人们围着花围裙洗碗，他们有一点好，手不那么怕洗洁精的损伤，所以家里的碗总是他们洗的。

上海市民真正的生活，是在大玻璃墙和黄铜的美国钟摆后面的，不过，他们不喜欢别人看到他们真实的生活，那是他们隐私的空间，也是他们的自尊。

常常有这样的说法，一个城市的咖啡馆，就像这个城市的起居室一样。

下午1点以后，时代咖啡馆的小姐们都知道要忙起来了。过夜生活，上午在家里睡觉的先生和小姐，上午处理小公司的业务，下午开始和客户谈判的总经理们，上午逛公司，现在准备歇脚的漂亮年轻的女人们，陆陆续续就要来了。

小姐们是来吃饭聊天的，一张张脸都漂亮，出手也大方，许多人都能抽烟，样子也好看，不像风尘女那么妖娆，也不像知识女人那么自命不凡。她们不过分，也不土气，那才是弄堂里有父母教训的女孩子，住在亭子间里干干净净的小木床上的女孩子的做派，这样的小姐正在稳扎稳打地建设自己的新生活，绝对要比自己家的那条弄堂高级的新生活。

要是那样的年轻女孩子正坐在你的对面，你有机会看到她们柔和的脸上，有一种精明和坚忍的神情，像最新鲜的牛皮糖那样，几乎百折不挠。

先生们常常是在这里谈生意，瘦瘦的人，注意着自己的仪表，把大哥大放在离自己手边近的桌子上，有时候它也是一种身价。上海弄堂里的人都懂得，家里有十万，才可以动用五万来冒险。银行里绝对要存好一家人防身的钱。他们把名片拿出来，大都是什么国际贸易公司的总经理，只是那是间小公司，办公室是在居民区的几号几室里，电话和传真接在一根电话线上面。他们懂得找一家看得上的咖啡馆和人谈生意远远比自己租一间面子上过得去的办公室合算得多。在咖啡馆里，你占一张桌子一下午，不过是几杯咖啡的钱。这也是弄堂里男孩子制约而有野心的生活培养出来的心计，也是稳扎稳打的。

下午正对着淮海路的那一层，小姐会把谈生意的先生们有意识地领到那里去，那里烟雾弥漫，电话铃声此起彼伏，有人大声地说服别人做成那桩斥资的买卖，有人在为别人的一辆摩托车估价，还有人在问移民加拿大的价钱，好像都是不小的生意，他们的脸也是不动声色地激动着。

也有真的没有什么目的、只是在一起会朋友的人，男男女女一起来的，看起来是老相识的了。头发都是从美发厅里整理过的，穿得也正式，让人想起从前五月一日放假的时候，从弄堂里走出来的回娘家的一家人，簇簇新的人，第一粒纽扣也小心地扣好了，自己可真的不想给自己抹黑。那时候男人稍微派头一下，女人稍微矜持一下，都也不过分，大家彼此配合，谁也不拆谁的台，礼尚往来。

时代咖啡馆的下午，常常有一个胖胖的男人，戴着金丝边的眼镜，笑容可掬的，身边的椅子上放着他拿来的几只印着大百货店名的塑料袋袋，里面放着意大利的皮具，瑞士的新款表，法国的香水，他把每一样东西拿出一样来，给他眼熟的客人们送去，每一样东西都是不可思议的便宜，因为那是假货，当然做得好，像真的一样，只是不经久，用上一两季，一定败坏。

他是受这里客人欢迎的人，许多人和他相熟，就像弄堂里从前补碗的那个人，大家对他没有什么可矜持的，只是推心置腹。他的笑眼里，除了生意人的和气以外，还有卖假货的人对买主藏而不露的审度。

他只要一来，时代咖啡馆里马上就有一种回到弄堂的轻松和实际，虚荣和精明，进取和稳健。他把这里看上去形形色色的人都串起来了，就像在淮海路的一条大弄堂里，星期天时候的情形一样。说起来，时代咖啡馆是一个淮海中路上的弄堂的起居室。

生活在光明邨的风与味之间

沈轶伦

▶▶ 袁 鸣

侧 耳 有 声

沈轶伦，记者，作家。著有《如果上海的墙会说话》《隔壁的上海人》等。

此光明邨不是彼光明邨。前者是位于淮海中路586号的光明邨大酒家，后者是作家马尚龙家的所在——淮海中路584弄1—4号的光明邨，现代式多层公寓建筑，原名为飞霞别墅，占地面积366平方米，建筑面积816平方米。邵厚德营造公司承建，钢筋混凝土结构，1941年竣工。

与美食比邻而居，是一种怎样的体验？出生并成长在这里近半个世纪，马尚龙对淮海路的概念、对上海的概念、对摩登生活的概念，全部始于这一条弄堂。

年幼时从家所在的四楼晒台俯身看下去，就是光明邨大酒家的后门，如果风向变化，还会带来光明邨的香味道，微微升到四楼的晒台。马尚龙说："如果我恰好是在'咸菜过过泡饭'，这一缕似有非有的香实在是害人——吃了两碗泡饭，还想再吃两碗。"

可是对于有7个孩子的家庭来说，在物质匮乏的年代，即便是长身体的年纪，这个“奶末头儿子”（上海话“最小的儿子”之意）的早饭份额也就仅限于两碗。

只好空对着风带来的香，默默咽口水了。

一

今时今日走在淮海路上，两边时尚名店林立，往往使人容易忽略这条商业街有别于沪上其他商业街的特色，正在于它首先是一个住宅区。淮海路商业的兴起始于20世纪20年代之后，当时上海的经济进入畸形发展阶段，先期开发的公共租界区域地价飞升，而淮海路所在的法租界还处于待开发阶段，升值潜力明显。

随着法租界当局对住宅环境和外观的严格规划，今淮海路两边慢慢出现一批新式里弄、公寓、大楼等现代民居。小康阶层的人口逐渐聚拢到这里，愈来愈稠密，使得沿街商铺应运而生。

1916年宝康里有了大东食物号。两年后日商在今普安路口设立了专营皮鞋的高冈洋行。1926—1928年，今淮海路上的俄侨商店有100多家。抗日战争爆发后，大批华商又从闸北、南市等地迁入淮海路以求租界庇护。到了1948年，仅陕西南路以东段的商家就从330家增加到了481家。

商业的繁荣，离不开商业街背后居民区的消费。而现代商业社会的文化，也在潜移默化中影响了周边的居民。

二

1956年，一户普通宁波生意人家最小的儿子马尚龙，出生在光明邨的弄堂里。从外面看，光明邨的整个建筑外墙立面装饰简洁，强调横线构图，窗户横向间均匀间以绿色墙面，纵向间横贯浅黄色宽带状墙体，外墙转角作圆角处理，平屋顶。几步之遥，就是鳞次栉比的热闹商铺。但只要一回到弄堂里，一切都

光明邨 ——

是静谧有序的。

相比在石库门生活，居民们彼此在逼仄的空间里交换所有的隐私，当时光明邨的住户已经有了独立的煤卫设施。邻里之间的关系，更类似于今日公寓楼里的氛围，彼此客气而矜持，孩子们也并不去弄堂与同龄人厮混，而是各自在自家房间外的晒台游戏着。

母亲家教甚严，不许孩子们打架，不许捣蛋，不许出言不逊，不许欺负弱者，也不许不争气。

“我小时候以从来不去弄堂玩而自豪。”马尚龙说。停顿一下，他又说，长大了想想，也是有点遗憾。

三

光明邨大酒家因为卖熟食而热闹起来后，排队的人往往就顺着秩序一路排到了光明邨弄堂里。逢年过节前，那求购的队伍有时要排到弄堂底的人家门口了。简直像一次围剿和包抄。

马尚龙想：据讲光明邨的鸭翅膀蛮灵的，但翅膀到了光明邨，真是插翅难逃了。

不过，50多年前，光明邨大酒家还未以熟食取胜，而是以肉包菜包闻名。那时候的店招牌还是光明邨点心店。大人给小马尚龙5角现金，半斤粮票，可以带上“钢宗镬子”（上海话“铝锅”之意）去买上10只包子。为显出老吃客的气派，要对着柜台大声叫道“五菜五肉”，以表示自己很懂行话。

“师傅一听就晓得是一直吃的朋友，实际上面孔就不像。有辰光排队排上去，一笼馒头卖光了，只好等，里头是菜馒头的麻油味道飘出来，外头是西北风吹进去，人就立在了风味当中。”

到了谈恋爱的年纪，人们到这里买上4只包子，带着女朋友就近去复兴公园逛一逛，也是很不错的选择。可惜在这个街区，所有适龄的青年都没有逃脱插队落户的命运。

由于父亲在“文革”中受到冲击，被勒令去弄堂里扫街，为了维护丈夫的尊严，母亲挺身而出，主动去弄堂里扫街。从此，这条窄窄的弄堂，带给马尚龙不同的感受。每一处清洁，都是母亲的劳作。

最艰难的时候，家里整整半年没有收入，全家靠典当度日。第一个卖掉的是一台平时为节电从不开启的电风扇，之后是父亲的香烟盒和金笔，再然后，是卖掉了家里的梳妆台。看着家中的一部分随之而去，全家闷闷不言。但这个梳妆台卖掉的价钱，的确撑着全家渡过了难关。

随着上面的大哥大姐奔赴祖国各地上山下乡，曾经备受呵护的马尚龙因为留沪而开始背负起照料家庭、承担家务的责任。姐姐去黑龙江后，每月从 32 元补贴里节省下 15 元寄到上海家中。小弟马尚龙每月就带着米袋准时去邮局等那笔汇款，然后从成都路背米回家。

全家都掰着手指，等着这一袋米来下锅。

四

如今回想起来，马尚龙说：“我早饭吃过大饼油条粢饭糕，也在店里面吃过面，但是从来没有在早上走进点心店吃过一碗面。早上可以到点心店吃一碗面的人，不是等闲之辈，要有钱，还要有闲，吃一碗面，从排队买筹码，到坐在位子上等，吃好面差不多要一刻钟了，当年早上有闲的人是不读书的人、不工作的人，那么就是小开之类了。”

普通人家去光明邨，只能去吃馒头。有时是只买一个馒头。而买单个肉馒头的时候，店员还会“在馒头下面衬一小张油纸，拿着就不会很烫手。店员不必拿了油纸去衬馒头，是用铝合金夹子夹起馒头在一叠油纸上一沾，便沾起一张油纸”。

后来光明邨门口炸过油条，做过油炸的“一口鲜”点心，开过麦当劳，又再次因为卖熟食而爆红。店门口经历热闹、冷清又再次变得人头攒动。弄堂却从未变化。只是住在弄堂里的少年长大了，哥哥姐姐们也都四散在各处结婚生子，像从这里长出的一株蒲公英一样，呼地一吹，大家就都飘走了。

而植物的茎还在。那是浸润在风与味之间的弄堂晒台上的记忆。如今，为了让年事已高的母亲免于登楼，马尚龙家人为母亲买了电梯房居住。但在陪伴母亲的时间里，他有时又觉得自己还是乖巧不下楼的少年。

物质匮乏的年代已经过去，普通人家如今也想什么时候早餐去店里吃面就能去吃了。闻着肉香过泡饭的岁月，一去不返。只有往昔这条著名马路上的居住经验，就好比“肉馒头下衬着的那张油纸”，馒头吃下去了，香味道还留在油纸上。

纯色的沙拉（节选）

唐颖

唐颖，小说家。著有长篇小说《另一座城》《上东城晚宴》《家肴》《个人主义的孤岛》等，中短篇小说集《红颜——我的上海》《冬天我们跳舞》《隔离带》《和你一起读卡佛》等。小说《红颜》改编电影《做头》。

▶▶ 施 琰

侧 耳 有 声

会子怀着惆怅买下沙拉酱，并不知道哪一天还会重做沙拉，仅仅是，这样东西对于当时相爱的两人也不是无足轻重的。

说起来，自制沙拉酱的材料很简单，一个鸡蛋黄加若干沙拉油。大保租来的农房不可能储备什么沙拉油，便用豆油替代。但是豆油的问题是，先要把油烧热去油腥味，再让油凉透，往往，连这样的耐心都不够。调油酱也要非常耐心，先把蛋黄从蛋清中分离出来，然后用两到三根木筷子，以顺时针的方向用油把蛋黄调成糊状。这油放进蛋黄中的过程很讲究，绝对不能一倾到底，使蛋黄再也没法和油融和；必须一滴一滴地滴上去，一边用筷子使劲地搅蛋黄，油渗进蛋黄，渐渐改变了蛋黄的结构，它不断地膨胀，变成另外一样物质。这件事需要两个人一起做，一个人加油，一个人搅拌。所以，虽然麻烦，在恋爱中的两个人却也乐此不疲。只是，两个人再怎么努力，这自制的沙拉和西餐店的沙拉比起来，光看色泽就觉得还差一步，不够悦目。

所谓沙拉，就是几样蔬菜拌在一起。上海风格的沙拉以土豆为主，再掺点绿色，如黄瓜或者豌豆，但还必须有方腿或者红肠这一类肉制品调和进去。这几样东西，冰箱里都有。原本，方腿红肠这类熟菜很不受父母欢迎，居然也能在冰箱里找到。会子觉得，这简直就是命运对她的眷顾，在她想要做沙拉的时候，物物具备。

她从厨房出来，手里捧着这些好东西，笑着告诉大保："你瞧，什么都全，我马上就能把沙拉做出来……"

大保看着她却有点发愣，为难地笑笑："我本来只是……只是……来还钥匙……"从裤袋里拿出她家的钥匙，一时踌躇着，好像要找个地方安放它。

会子仍然保持着笑脸："喔，你把它放在茶几上吧！等会儿还有安排吗？”

“没有！今天不是元旦吗？这种日子……唉，很无聊的。”他眉间溢出的烦恼，看起来并不是为了节日。

“那，吃了沙拉再走。”会子邀请果断。“要紧吗？他们……你爸妈呢？”

“他们去苏州参加亲眷的婚礼，要到明天回来。”

他点点头，似乎还松了一口气。会子便进厨房忙起来。在她和大保的关系中，她从来是被动的。他约会她，然后不再约会，她是等待的一方，快乐或者绝望，在不同的心情中等待。现在这一刻，她深深地明白，她和他都已经挣脱了那种关系，至少她不再是被动的了。

会子做沙拉的时候，大保在房间用她的录音机试听他买的那些歌带。这情形很像在大保租来的农民房，他在鼓捣他的录音机，会子在房间的一角做简单的饭食。但是这一刻，会子什么都不想，空虚的同时也是轻松。她专注地做着这些厨房的琐事，把土豆放在锅里煮，给黄瓜削皮然后切成丁放盐腌着让瓜脱水，红肠也同样切碎；然后发现冰箱里居然还留有夏秋时用剩的冰激凌，将冰激凌拌进沙拉酱里简直是锦上添花呢，会子差不多要笑出声来。今天下午她全力以赴要去做好的就是这一个沙拉，是看得见的，就在手中、只要努力就能达到的一个目标。除此之外，人生其他的目标不都是虚幻的？

会子把沙拉装在盘里，哗，多么诱人的食物，白中透黄，柔和细腻，纯净的奶色，是她和大保追求了很多次而从未达标过的色泽。她尝了一口，喔，好极了，味色一致，从来没有这么好过！此刻用欣喜若狂形容会子，一点都不过分。她对着沙拉扭动腰肢手舞足蹈，权当是跳舞。几个月来她的处于休克状的身体，竟有一种徐徐涌起并朝外涌的、很液体化的冲动，是不是沙拉给了她和恋人完美的结局呢？

当她把一大盘沙拉放在大保面前时，大保表达的惊喜在她的意料之中。令他惊喜不已的还有她的突然变得生气勃勃的神情，他的情绪也紧紧跟上她。此时此刻他们是否共同想起今天是新年，即便已经分手，即便未来孤寂无援，但这新的一年的第一天，这第一天的剩余时间是可以把握，是可以让它在享用中缓缓流过？

她给桌子铺上收藏的新台布（这类小收藏她有许多），拿出父母待客用的细瓷碗碟和象牙筷，这已经有点铺张了，唯其这样才有享受的感觉。她了解大保，他和她一样，平凡而脆弱，对于世界的感知是从感官开始。现在，沙拉放在红白细格的台布上，就像一幅画，静物画，华美，带点悲调。他俩站在桌边，互相对视。

春到人间一卷之

西坡

▶▶ 朱佳伟

龚建星，笔名西坡、剑箫等，高级编辑，上海作协理事，新民晚报副刊部主编。曾获中国新闻奖、上海新闻奖等。著有《上海往事》《上海底牌》《汉书下酒》等十多部。

侧 耳 有 声

汉语言文字对于世俗生活的诗意表达，为很多外国语文所不及，举例说——咬春。

至少，我还不曾看到过其他语言文字有比它更绝妙更令人心动的书写；即便是汉语本身，想把“咬春”翻译成明白晓畅的大白话，也大抵是失败的。

咬，在中外语文中，都不是一个富有美感的词，但在汉语言文字里，由于搭配恰当，就会营造出一种特别的意象。“咬春”，看上去是不是很美好？

只是，美好的东西，好比糊在窗棂上的一层纸，令人有无限的想象空间，却往往经不起穷追猛打、刨根问底。“咬春”，便是这样一层窗纸，一捅就俗——《明宫史·饮食好尚》曰：“立春之时，无贵贱皆嚼萝蔔，名曰咬春。”

哎呀，原来咬春就是咬萝卜！

当然，比吃萝卜“高大上”一点的是吃春饼。《燕京岁时记·打春》云：“是日，富家多食春饼，妇女等多买萝葡而食之，曰‘咬春’……”

在面粉烙制或蒸制而成的薄饼里，卷进豆芽、菠菜、韭黄、粉线等炒成的合菜，就是春饼。

这是比较初级阶段的。

旧时的王公贵胄新春请客，并非一味发帖请人家赴宴，而是间以馈赠“春盘”：一只盘子里面装着薄饼和各色佳肴，操作方法一如吃北京烤鸭，但其品质之高，非平头百姓所能想象，南宋周密《武林旧事》：“后苑办造春盘供进，及分赐贵邸宰臣巨珰，翠缕红丝，金鸡玉燕，备极精巧，每盘值万钱。”我注意到，那个时候的春饼似乎还没有进入油炸程序。元代无名氏编撰的《居家必用事类全集》“卷煎饼”条：“摊薄煎饼，以胡桃仁、松仁、桃仁、榛仁、嫩莲肉、干柿、熟藕、银杏、熟栗、芭榄仁，以上除栗黄片切外皆细切，用蜜、糖霜和，加碎羊肉、姜末、盐、葱调和作馅，卷入煎饼，油焯过。”又，清朝《调鼎集》中记载："擀面皮加包火腿肉、鸡肉等物，或四季应时菜心，油炸供客油焯。又咸肉腰、蒜花、黑枣、胡桃仁、洋糖、白糖共碾碎，卷春饼切段。"应当说，它们已经相当接近现在我们吃的春卷了，可惜的是，都没有明确"春饼"概念，更没有涉及"春卷"。

"春卷"一词，在明代以前的文献中似乎未见。春卷大概率是在春饼的基础上发展起来的，虽然它跟春饼有很多的不同，比如前者封闭，后者开口。

如今，人们一说起春节时的点心，马上联想起汤圆。其实，汤圆应的是元宵节的景，春卷才是新年伊始的当家点心，无他，谁叫它的名称里含着个"春"字呢！

春卷倒是时有品尝，但我不见人家做春卷皮子久矣。

从前临近春节，饮食店门口一定会摆出做春卷皮子的锅台。师傅一手攥着一坨黏乎乎的面团（注意：不是普通面粉团，而是黏性、韧劲较强的面筋），在烧烫的平底锅上作360度地抹一下，便“画”出一个餐盘大小、本白色的圆圈。抹的轻重，关系皮子厚薄，太厚，春卷如皮厚馅少的饺子，难吃；太薄，则皮子易破，馅料外泄。掌握分寸，全靠师傅手中软硬劲使得恰到好处。见到薄饼边缘被烘烙得渐呈翘起状，师傅的另一手以迅雷不及掩耳之势，将其拈揭起来。累积三四十张为一叠，是售卖的基本单位。

有经验的师傅在烘烙春卷皮子时，手上不断地拿捏摇晃面团，打快板似的。这个动作不是无谓的作秀，自有其道理，无非要增加面团的黏性，仿若钢琴师演奏时摆弄脑袋，或牙啃烂泥，或嘴承天露，对演绎水平的发挥无疑深具推动作用；而且，师傅还十分关注皮子受热后的变化，一旦发现上面结了微小的“赘疣”，及时轻舒猿臂，把面团甩出，让其尖端部位黏住“赘疣”，一拉，吸收合并后，皮子恢复平整挺刮。整套动作，行云流水，仿佛公孙大娘舞剑，“观者如山色沮丧，天地为之久低昂。㸌如羿射九日落，矫如群帝骖龙翔”，堪称完美。

有人别出心裁，一会儿取豆沙为馅，一会儿拿荠菜作芯，我是不以为然的。因为豆沙乃是点缀之物，一腔豆沙，必然甜腻而无法踵武；荠菜又需别味参与调和，否则一定枯槁而难以为继。我还是热衷于肉丝黄芽菜，盖其汁水丰润，鲜味纵横；略施薄芡，饱满滑爽；热油侍服，滚烫香嫩。“咬春”之咬之春，尽在“翡翠白菜”之中呢。

我对于食物是宽容的，不忌口，不挑剔，既来之，则安之。而对把春卷包裹得像五短身材却又毫不节制趴手趴脚横着走马路的肥佬，则十分痛恨，干脆罢吃；以为正常的春卷，理该长度绝对不能超过成人之一虎口、直径略当五分硬币大小（一元硬币都嫌大）。这样的春卷，才能让人赏心悦目，如沐春风。

上海人把油煎春卷叫作“氽春卷”，非常准确：氽，表示油量足够，方能使得春卷在油锅里展示漂浮状态，最大限度地避免焦黑或失色。“氽”得焦黑，固然令人沮丧，“氽”不到位，一副惨白相，亦教人不快。焦黑为煤灰，惨白乃死猪。须知春卷被上海人称作“金条”啊！是可忍，孰不可忍？

“春到人间一卷之。”（清人林兰痴句）小小春卷，被赋予了多大的气派！那就让我们一起把“春”，“卷”起来吧！

细涌（节选）

btr

▶▶ 李吟涛

侧耳有声

btr，作家、译者、艺术评论人。著有《迷你》《意思意思》《上海胶囊》等。译有伍迪·艾伦《毫无意义》，保罗·奥斯特《孤独及其所创造的》《冬日笔记》，阿巴斯·基阿鲁斯达米《樱桃的滋味：阿巴斯谈电影》等。

茶餐厅在上海的兴起，最初就发生在长乐路。那是20世纪90年代初。在那个年代里，人们开始听张国荣和谭咏麟，开始看有线电视里播放的周润发和刘德华的电影，开始想象那个距离上海1400公里的城市——香港。

如今，茶餐厅在上海已然司空见惯。仅这段短短的马路上就有三家，它们一字排开，摆出一种要把长乐路变成“茶餐厅一条街”的架势。它们几乎都是24小时营业的。晨早，讲一口标准广东话的阿婆们会来饮茶倾解；那钟点，在夜店疯完又填饱肚子的潮男潮女们才刚刚离开。中午，打扮得一本正经的各类白领蓝领假领蜂拥而至，他们在公司大楼的电梯里通常对彼此视而不见，此刻却不介意拼桌饱餐一顿。傍晚，食客变得多种多样，有对对双双的情侣，有三五成群的好友，有准备相亲的陌生人，有打算谈生意的小老板们，还有独自来食饭的独行侠……或许那正是茶餐厅的本色：一天之内，不同人在不同时间把茶餐厅变成了不同的空间。就好像，有很多彼此平行的世界共同租用了这小小的空间。

三家茶餐厅里，btr 最喜欢靠东的那家。因为那家茶餐厅正对着一间他常去的咖啡馆。咖啡馆老板名叫阿山，是 btr 的朋友。他建议 btr 去茶餐厅写小说。

就在那家比较靠东的茶餐厅里，btr 写下这样的句子："我想找个地方写小说，有人建议茶餐厅。"如同聪明的小狗为客人表演算术后，喜滋滋地接过主人奖赏的肉骨头——btr 自己夹了块脆皮烧肉，送进嘴里。烧肉很香，但 btr 却有种不快的感觉：他觉得这个开头似乎并不是他自己的。他的确在空白 Word 文档里写下了这些字；但此刻，他却分明觉得，这些字像来历不明的银行存款，令人不安。他猜想，或许某本他读过的小说是这样开头的。但他想不起究竟是哪一本。他读书多，记性又差，像贪婪下载却容量有限的硬盘，此刻难逃死机的宿命。

我想找个地方写小说，有人建议茶餐厅。

就去对面茶餐厅写咯。那天，阿山一边敲着非洲鼓，一边向我建议道。那鼓声，仿佛在为我壮行。

阿山是咖啡店老板，一头长发，湖南人。每次过年，他总会带些自制腊肠给常去咖啡店的朋友们吃。记得先放在饭里焖一焖。每年他都会这么关照一句。教人想起“古道热肠”这个成语。

阿山的咖啡店开在一幢石库门房子三楼。要顺着有尿臊味的弄堂走到深处，要爬上逼仄的楼梯，要避开楼道里快要煮沸的热水，要推开那扇没有任何标识的门，才能寻到。它不仅于地理意义上在茶餐厅的对面，它更是茶餐厅的对立面：阿山的咖啡馆是私宠的、节制的、安静的；而茶餐厅却是众人相聚之地，喧哗、跃动，整日

老克勒午餐 ——

无休。

茶餐厅里到处都是故事。阿山的口气就好像在说，纽约遍地都是黄金。他领我到四楼露台，魔术般变出一个高倍望远镜。透过望远镜，对面的茶餐厅变成无声的电视画面：门外卖烟的老太一脸倦怠，像经济不景气的移动标本；门口等座的那对情侣，一人拿着一只手机，飞速按着键盘，假如发送短消息可列为奥运项目，他们定是混双冠军；二楼火车座里，两个西装革履的男子正在分享一盘干炒牛河，后来一人接起手机，走到窗边。他笑得诡异，不知是信号的确微弱，还是不想让另一个男人听见谈话内容……

阿山是对的。咖啡馆不是写小说的好地方。茶餐厅才是。要到故事的里面，要成为故事的一部分，你才能讲述这个故事。

菜泡饭

陈佳勇

▶▶ 邢航

侧耳有声

陈佳勇，上海市作家协会会员。著有随笔集《所谓青年》《在北大散步：胡四的故事》《爱吃的我们没烦恼》，长篇小说《老板不见了》等。

大鱼大肉总归是好吃的，但我们的身体总有一天会负担不了这些。就像凯司令的哈斗，曾经可以一口气吃两三个，今年春节一个哈斗下去，就把自己的肠胃搞伤掉了。没办法，只好弄点儿小酱瓜，连着吃了好几顿菜泡饭。不是我没有雄心壮志，恰恰是因为大鱼大肉吃过了才知道，一旦身体负担不了，什么都是空的。

上海人喜欢吃菜泡饭，不是为了保护肠胃，究其根源，其实是舍不得浪费。剩菜剩饭再搁些新鲜青菜，冬天里吃了尤其舒服，习惯了一地的饮食，也就习惯了这个地方的处事方式。有一年，我记得单位搞活动，那天晚宴，领导嘉宾来来往往，热闹是真的热闹，作为各种社会关系中的一分子，我们都恰如其分地展现了各自应该展现的那一面。但是，身体是真实的，身体不会撒谎，你身体不舒服，死扛也没用。我就觉得，身体发冷，虽然还在不停地说话，但就是觉得发冷。好不容易回到家，第二天早上醒来，是个周六，不用上班。但之前就定好了中午在建国宾馆吃饭，各地来的朋友，不去肯定不合适，且饭后还有好几档见面。我有时候也疑惑，我们是否真的需要认识那么多人？当然，这种疑惑是自己问自己，对外讲，就是矫情了。五分钟后，把疑惑放一边，收拾一番，打车前往建国宾馆。

建国宾馆虽然是个四星级宾馆，但是地处徐家汇，历史悠久，也是非常有名的地方。楼上有伊藤家，日料烤肉，开了十几年的老馆子了。还有平壤玉流馆，正宗朝鲜菜，厨师、服务员都是朝鲜过来的，这家店里的推荐菜是神仙炉和参鸡汤，价格都不便宜。反正全上海的饭店里，让人感觉吃饭最有仪式感，食客神情既严肃又紧张同时还能活泼的，绝对属玉流馆。可惜前阵子关门了，而且关门也关得静悄悄地。另外，建国宾馆的大堂吧也是上海所有星级宾馆里最朴素的一家大堂吧，我挺喜欢那里的，但千万不要点他们家的咖啡，什么拿铁、卡布奇诺，都不要点，最多就点杯热美式即可。

紧挨着大堂吧的，是一家叫“小上海”的上海菜馆。这家“小上海”，属于你其实不想请人吃上海本帮菜，但又非要吃上海本帮菜时的最佳选择。总之，不会惊艳，但也不会离谱。我一般在那里请人吃饭，都得是非常熟的人才行，说话排第一，菜品放第二。常规点的菜就是冷菜咸菜毛豆、四喜烤麸，热菜糟熘鱼片、面筋煲之类，然后配上油煎馄饨或锅贴。所以，一大桌子的人在“小上海”吃饭，其实是吃不到特别印象深刻的上海菜的，因为确实水平有限。但如果仅仅是为了聚会，把吃放在第二位，那真的还可以。

我对“小上海”情有独钟，全都是因为那次的菜泡饭。记得那天到了建国宾馆，大家都到了，菜也点好了，然后就聊啊吃啊，我实在是没胃口，浑身发冷，被抽空了一般。这时，不知是谁点了一份菜泡饭，满满的一大盆端了上来。我就拿了我的小碗，一碗吃完，又吃一碗，身体暖和起来，然后再吃一碗，身体又暖和一些。吃到最后，真真实实地感受到，这菜泡饭真是救人命啊，大汗一出，浑身通透！时至今日，我还是很感恩那碗菜泡饭，但那时候终究太年轻了，身体好了之后，又是高脂肪、高蛋白的，全是滋味第一、身体第二。若不是今年春节里，被那个凯司令哈斗狠狠地折腾了一把，我也多少淡忘了往昔的这份深情厚谊，淡忘了那碗菜泡饭的朴实无华。

除了菜泡饭外，我小时候，还特别喜欢腌笃鲜汤拌着米饭吃，一次能吃一大碗，春笋、冬笋来者不拒。如果竹笋也能算蔬菜的话，那我吃得最多的蔬菜就是竹笋，其他蔬菜，基本不碰。对于我这样的“肉祖宗”，我妈那会儿也是没办法，最后想出来的办法就是请菜泡饭帮忙。彼时我妈做的菜泡饭，准确地说应该是大杂烩泡饭，青菜只是配角，主角仍是混在其中的各种肉食。这类大杂烩泡饭，现在看来肯定碳水超标，那时候只知道好吃，根本想不到这些。就好比过去，我总觉得清粥小菜是离我很遥远的事情，骨子里觉得，这个世界大鱼大肉最精彩。很长一段时间里，我还觉得，也不是说清粥小菜不好，关键是时间还没到，等到岁数大了，折腾不动了，再清粥小菜吧。但世界转得太快了，眼瞅着，不是不愿意清粥小菜，而是不得不清粥小菜了。这就不叫洒脱，而是有些无奈了。

这些年，各种美食的书看了不少，唐鲁孙的、赵珩的，其中虽然也讲了不少朴素的食物，但饮食大系里，繁复的仍然居多，讲究食材精致的还是主流。通篇的美食书籍看下来，还是物质，还是得花钱，满满的“功利色彩”。过去我常买《橄榄餐厅评论》看，有阵子他们不遗余力地推荐日本威士忌，白州、山崎，还有余市。我也受了影响去买白州，因为杂志上的推荐总让人觉得喝白州要比喝芝华士、黑方显得更清新小众。但是，人这一辈子要经历的蛊惑实在太多了，日本威士忌价格猛涨之后，枪头还是掉头转回苏格兰单一麦芽，光买还不够，还得12年、18年一路往上，然后再单桶定制。

但细想一下，一瓶入门级的白州12年，如果就是一个人喝的话，其实真的可以喝好久。然而，为物所累之后，各种的积攒、各种的所谓全系收藏，又怎样呢？还是拿白州举例，除了发现现在的价格比那会儿翻了一倍之外，似乎也就没什么了。还能怎样呢？你一天喝一瓶吗？你的身体，总有一天，会负担不了这些多余的东西。

突然，远处传来一个声音，但它能保值增值啊。

也是，一旦探讨“价值”，这就直接变成一个哲学问题，而不是一个关于食物的品鉴问题了。

我们这种间或着写点儿文章的人，本心也不是非得在美食上扯感慨，只是在一个以主食稻米为最大标杆的饮食社会里，围绕食物生发出来的各种“隐喻”，最能打动人心。好比你问我，这世界上最开心的事情是什么。我答道，是肚子饿的时候，你能吃到眼前最想吃的那口饭。你又问我，这世界上最难的事情是什么。我答道，最难的事情，恰恰就是你能否在肚子饿的时候，吃到眼前最想吃的那口饭。

你看，这类关于食物的“打比方”，始终很吸引人。说一千道一万，大餐有大餐的好，菜泡饭有菜泡饭的好，总之，不要拿一样东西瞧不起另一样东西，这就给自己留好了退路。如同关于“菜泡饭”的各种表述与比喻，这大概也是上海这块土地上天然会产生的一种务实的食物共鸣。演化成“名人名言”的格式，那就是：不要嫌弃现在，因为过去已经过去，而未来还远在天边。

妈妈的评弹

马尚龙

▶▶ 黄　浩

侧　耳　有　声

马尚龙，作家。著有《上海制造》《上海女人》《上海欢言》等多部“上海系列”专著。

有朋友把我当作欢喜评弹的，问我，你是怎么会懂评弹的。我说，第一，是你不懂，才觉得我懂，我总是在不懂评弹的人面前装得懂评弹；第二，装也是要稍有点货色，才可以装得出来。朋友追问，你的货色是哪里装来的？我顺口一说，我妈妈欢喜评弹，从我小到我妈妈老，生活在一起；最早是空中书场，后来是电视书场，妈妈在听，我则是耳朵边飘来飘去“登格里格登”，也就晓得了一点。

我也曾问妈妈欢喜评弹的缘由。记得妈妈是说，公公婆婆，也就是我的阿爷阿娘，欢喜听评弹，也就听上了。比起妈妈，阿爷阿娘是更上一辈石骨铁硬宁波人，哪能会欢喜苏州的评弹？

前段时间，我去上海评弹团，和评弹名家陆锦花抖音，“抖”了一个多钟头评弹和上海人的关系。评弹本是苏州的戏曲，在上海为什么有那么大的“群众基础”？我看到过一条老旧消息，1959 年，蒋月泉在文化广场演唱《莺莺操琴》，一万观众，就看蒋月泉一个人那。我听了当年的录音，蒋月泉唱毕，掌声真是“雷动”的。这个待遇，在彼时文化广场，大概也只有前苏联芭蕾舞明星乌兰诺娃享受过。

上海人欢喜评弹，好像是天时地利的。城市很大，个人居家空间却是很小，邻家之间一板之隔是常态。黄土高坡隔山对唱信天游，是不需要的，反而还要轻声呢喃。评弹不是高亢的戏曲，在家里听，音量用不着老响，完全不会和隔壁人家隔墙交响乐的。当年电台“大百万金”评弹节目如此久盛，正是评弹的静和上海人生活状态的美妙契合。

和评弹曲径通幽的是中国流行歌曲在上海发端兴盛。邓丽君蔡琴费玉清一唱再唱的“上海老歌”，大多轻歌缠绵。当年称这种歌曲是靡靡之音，倒也是“不讲理之理”。那天“抖”到这个话题，陆锦花唱了几句《我有一段情》，告诉我，这首歌的旋律就来

评弹 ——

自评弹的一个曲牌。

我最早知道的中国戏曲，可能就是评弹，还是在读小学前。通常是下午，妈妈安顿好了几个子女的午饭，终于空下来，拿出了“年中无休”的生活——要结绒线了。一家人家绒线衫的花样年华，是上海贤妻良母之衡器。落座前，开好无线电，那就是评弹了。已经忙碌了大半天，有点吃力的，结绒线算是休息了。我还没到上学年纪，自然很早知道妈妈欢喜评弹。窗外阴晴冷暖，房间里蒋调杨调俞调……我至今还记得妈妈在这个时候常常说的一句话：交关“静致”。“静致”是宁波话，是安静的意思，用来形容听评弹的惬意，也很有意思。

后来很长一段时间，电台里只播样板戏了，妈妈也成了职业妇女，直到20世纪70年代末，妈妈退休，评弹节目亦恢复了，我开始听得懂评弹了。那个年代夏天很热，我们欢喜到晒台乘风凉，妈妈很多时候就坐在房间里，一把芭蕉扇，一只半导体，一块湿毛巾，灯也不开，月亮光和评弹倒很是贴合。听着听着，芭蕉扇从手里掉下了。有时候，也叫妈妈一起到晒台乘风凉，妈妈总是说，不热呀，扇子扇扇，交关“精致”。几十年后想来，这么一幅夏夜听书图，在上海许多人家家里都在画着。

再后来，妈妈也会和我说说评弹，说说她的偏好，我则是告诉妈妈，我认识了好几位评弹名家，我和他们还是说得出些评弹的书和人的。

一个人的欢喜，是和自己的父母家族有关，建立在儿时、经由很多年耳濡目染固化了，也像煞懂了。

这些年，常有味蕾的家庭偏好，传扬到社会。“阿娘黄鱼面”“外婆红烧肉”……都很让人亲切。“妈妈的评弹”，也同样令人回味。在自己的爱好中，有着妈妈的影子，有着在儿时勾勒出来的画面。于我，是妈妈的评弹；于别人，是爷爷的京剧、爸爸的围棋、外婆的……

打开窗门讲沪语

黄昱宁

▶▶ 雪 瑾

侧 耳 有 声

黄昱宁，作家、翻译家，上海译文出版社副总编辑。曾获春风悦读盛典年度金翻译家奖、宝珀理想国文学奖首奖等。著有散文集《小说的细节》《假作真时》等，小说《八部半》等。

大学寝室里的聊天是方言杂烩的盛宴，我记得当年最开胃的一道小菜是讨论那种冬日街头随处可见、瞥一眼就心生暖意的小吃。“我最爱吃烤地瓜了。”山东同学喜滋滋地说。“哦，我们那里叫煨番薯。”广东妹在终于弄明白那是什么东西以后，恍然大悟。我也跟着笑，用上海话告诉她们，从小，我只知道把这甜甜软软的玩意唤作“烘山芋”。

烤地瓜，煨番薯，烘山芋，九个字里没有一个重复，构词形式却高度一致；偶尔交汇，仿佛看见思维在穿透了语音的屏障之后相逢一笑、默契于心。

不过，细想下去，方言的独特性还是会执拗地浮出水面。就说这学名“甘薯”的“山芋”吧，上海人在前头轻轻巧巧加了个“洋”字。就直接拿来称呼另一种植物（马铃薯）。同样的物件，到了北方就完全从其生长的特点出发，干干脆脆地叫它“土豆”。从“洋山芋”的意义分析，显然上海人吃到马铃薯要远比接触甘薯晚，所以相对于同样来自异域（查资料，原产地是南美）的后者来说，前者就更具有舶来品的意味。我猜想，但凡上海人当初跟广东人一样叫“番薯”，那么，后来引进马铃薯时也会义无反顾地称之为“洋番薯”。至于“洋”和“番”到底是不是语意重叠，搁在一起是否显得冗余，是否还存在更精简的命名方式，那绝对不成问题——上海话历来有这样的宽容度。不信，你想想，时至今日，阿拉上海人不是还把“洋番茄”叫得很顺吗？

上海话“叠罗汉”的杂耍功夫俯仰可见。沪语常以“头”为名词后缀，若译成普通话，有一部分是可以用“子”来代替的，比如“篮子”之于“篮头”，“盒子”之于“盒头”（这两种说法在沪语中并存）；但也有很多，是别处（至少是吴语区之外）鲜见的用法，比如纸头、布头，更有甚者，小时候喝猪肺汤，听外婆一声声叫什么“肺头”，纳闷了很久。你如果硬逼着上海人讲“一张纸”而不是“一张纸头”，肯定会活活把他别扭死。

如果说上述前后缀还不能充分说明问题的话，那么，下面两个例子是直观到了极点的。昔日上海人家多用铅制的水桶，渐渐的几乎所有的桶都给叫成了“铅桶”。“一桶水”是没问题的，但“一只桶’似乎就没有“一只铅桶”叫得顺溜。时移世变，塑料桶大行其道，但时不时地，你还是可以听到满耳的“塑料铅桶”，说得恳切、听得自然，反正大家都晓得在说什么。以此类推，如果你习惯了“塑料铅桶”，那么，对于类似“洗（沪语念'打’音）脚面盆”和“洗浴面盆”，也就可以见怪不怪了。同理，如果有个上海人嚷嚷着要“开窗门”，你大可不必令门户洞开——须知，这个“门”字跟在“窗”后面，功能与“铅桶”的“铅”字相当，只能让音节更铿锵，并没有表意的用处。

还有个更戏剧化的例子：初来上海者，大抵不晓得本地人在讲“吃茶”的时候，杯子里可能飘着几片茶叶，也可能只是清清爽爽的白开水。这里的“吃茶”，常常只是饮水的代称。问题是，如果在某些语境中需要强调是真的要泡一杯茶喝，该怎么办呢？这可难不倒上海人，他们会随口说——“来，阿拉吃杯茶叶茶。”

母语这东西，早就融在血液里循环不息，不必经过大脑，自然天天从舌头里蹦出来。但细想来，上海话的拉杂、絮叨、叠床架屋，纵然上升不成严谨的语法规律，却自有它缓和语势、增添情趣的家常妙用。仅举一例：两个人吵架，一方大吼一声“滚”，那一定是出离愤怒了；加一个字成“滚蛋”，则情绪已经有了微妙的变化；加三个字“滚侬格蛋”（滚你的蛋），骂人的那位脸上没准窥得见一丝笑影；地道的上海话还有一句最绝的：“滚侬格五香茶叶蛋。”脆生生地喊出来，当真是色香味俱全的调笑乃至娇嗔了。

动画的天空

来颖燕

▶▶ 叶子龙

侧 耳 有 声

来颖燕，《上海文学》杂志副主编，副编审，中国现代文学馆特邀研究员。主要从事当代文学批评。

作家帕斯捷尔纳克说："诗人的传记，存在于读他诗作的人接下来的日子里。"但岂止是诗人的传记如此，每个人在过往曾遭遇的一本书、一部影片，如果能进入内心的密道，都会犹如底片，日后与之遭遇的每一个瞬间都会是一次新的冲洗。而动画片，是其中闪亮的星辰——它们在我们童年时光里留下的印记，会恒久地眷顾日后的岁月。或许我们于此并不自知，却会习惯性地要寻找那束最初的光。当《天书奇谭》4K修复版上映的时候，比孩子们更激动的，是"70后""80后"们——当年看动画片的我们如今要面对的是比动画里的天地残酷而犀利的现实世界，但那段往日的岁月，那时的孩童心态，因此愈加珍贵。

旧日的动画会拨动记忆的弦。第一次看《天书奇谭》是在外婆家的14英寸黑白电视机前，那时还未经世事，却被老狐狸变身的模样吓到。如今，当听到袁公最后推倒群山压死妖狐的浩荡配乐响起，当蛋生悲恸地呼唤“师傅——”，复现在耳边的还有当年看到这个情节时混杂着的弄堂里的自行车铃声和高低不平的石板路被路人踩的咯噔声，还会透着一股当年常常爱啃的万年青饼干味。对于往事的回忆之所以让人沉溺，是因为记忆是滤纸，一些东西会模糊，而另一些也许看似无关紧要的细节却会更加清晰。普鲁斯特觉得记忆会跟某些具体的事物相连——“我们回忆往昔时重新体验一切，我们回忆并不是因为我们想要回忆，而是因为某些鲜明具体的经历将我们深深吸引”（彼得·盖伊：《现代主义》）。所以，如果我们可以体会《追忆似水年华》里普鲁斯特对往事的记忆为何会随着那一口玛德琳蛋糕滚滚而来，也就会明白，当今天我们踏进影院去看一部三十年前的动画片，随之而来的就绝不只是关于这部动画本身的记忆。瞬间的体验越深，这段往昔岁月的密度和深度就越会被稀释在往后的时光里。这与当时是否懵懂无关，甚至，懵懂会让最初的爱与恐惧都更加纯粹。

或者该说说我们为何会对《天书奇谭》如此印象深刻。前几日翻看2010版的《红楼梦》的视频，一条弹幕跳出来："怎么觉得这版里的贾母扮相有些像《天书奇谭》里的狐母。"毋论其他，单纯就视觉形象而言，还是得承认这个观众眼毒。20世纪80年代初的狐母形象会如此深入人心，以至于多年后依然教人心心念念，成为形容观影时缥缈感觉的具体附着，只因为一条，这些动画人物的设计实在太有特点了。

在这次修复版的最后有一段纪念录影，其中导演钱运达提到，当时的主创人员一直在反复琢磨，如何让这些动画人物的特点分明。狐女妖媚，于是身段妖娆，面若桃花，而狐子蠢笨，就让他因为贪吃丢了条腿，叫他阿拐；袁公正义，身形飘逸，据说参照了关公的形象，而蛋生纯良勇敢，是个人见人爱的孩子模样；即使是一众配角，无一不是一出场就成为一种象征——知县贪财，却最后损失惨重，那獐头鼠目的形象是参照了戏曲中的丑角；府尹好色，那对不停转悠的眼睛成了这肥胖身材上动得最勤的地方；小皇帝贪玩成性，以形似木偶的圆滚滚形象出场……贡布里希曾经援引贺加斯的观点来探究漫画与儿童绘画的关联："漫画的流行画法是把所有的幽默效果，寄寓在从性质完全不同的事物中找出相似点，从而吸引人，让人感到惊奇。……而儿童的早期涂抹虽然是勉勉强强暗示出人脸，但总能类似这个人或那个人，当然，它们总是滑稽的相似。"（贡布里希：《偏爱原始性》）

孩子们是最会捕捉特点的人群，他们的直觉和敏锐不曾被污损，以至于漫画家们常常会艳羡并追随他们的目光。所以，理所当然的，孩子们会与动画天然地亲近，但动画不只是孩子们的专利——在孩子和成人间，动画暗设了通道。热爱儿童文学的 E.B. 怀特说：“任何人若有意识地去写给小孩看的东西，那都是在浪费时间。你应该往深处写，而不是往浅处写。孩子们的要求是很高的。他们是地球上最认真、最好奇、最热情、最有观察力、最敏感、最灵敏，也最容易相处的读者。”

从小到大，我一直对动画情有独钟。大学时，接触过一个生物学上的名词“幼态持续”，于是室友会说，你这是幼态持续啊。但幼态无法从时序的进阶来考量，实质上它拥有难得的纯净和力量。

当年上海美术电影制片厂的前辈们一直希望做出的动画能老少咸宜。这句朴素的话，他们极其努力地付诸实践，于是，他们笔下的那些动画人物，特点鲜明到足以成为某一类性格人物的符号，但这些符号并不扁平呆滞，而是生动可感、有血有肉，因为其中浓缩了太多现实的经验。

在曾任上海美术电影制片厂厂长的严定宪的记忆里，永远珍藏着无数属于动画的幕后故事。这位在20世纪60年代设计出《大闹天宫》里那个腰束虎皮裙，身着鹅黄上衣，足蹬黑靴的孙悟空形象的老者，一生热爱动画。他曾言及一个有趣的现象，在当年上海美术电影制片厂的工作室里，每个动画创作人员的桌上都摆有一面镜子。是要化妆吗？当然不，是因为在设计动画人物的形象和表情时，动画创作者们需要参照自己在镜子中喜怒哀乐的表情。动画人物因此拥有了鲜活的生命力——这生命力从创作者身上流淌到他们笔下的动画人物身上。

创作者们确实将活生生的现实精粹进了动画的天空。在设计孙悟空的动作时，会请当时的“南猴王”来教大家演“猴戏”，七仙女的婀娜飘逸原来是糅入了敦煌飞天和舞蹈家刀美兰的舞蹈元素，就连剧中天宫云雾缭绕的模样，也是凭借大家历时几个月去北京故宫和颐和园采风而得的灵感……动画里看起来不经意的一点一滴原来都大有来历。只因动画师们深谙动画绝不是对现实生活的简化，而是在深厚积淀上的变形和升华。严老曾问我，有没有注意到《骄傲的将军》里将军弹琴的片段？他拨动琴弦的手势有真实的章法可循，绝不只是摆摆样子。

除了感叹，我也就此明白，为什么经典的动画会是景深不同的照片，当我们拥有不同的人生阅历、处在不同的人生阶段，为什么会从中见到不同的风景。所以，当时隔三十年，再看《天书奇谭》，那么多人会感叹，其中的人物绽放出了当年所不知的光彩和寓意。

因为将根系深埋在现实的经验土壤之中，动画人物们得以以人情为根基——他们是银幕上最明显地标示着虚构属性的形象，却别具共情力；他们的情绪和情感，给予了观众感同身受的天空。这片天空看似缥缈，却真切可感。当雪孩子化为雪水，当哪吒为救百姓而自刎，当袁公命蛋生熟记天书后被押去天庭受刑，动容的不只是孩子们，或者，成年人会更明白其中情感的千山万水。

对于当年国产动画辉煌期的怀恋，常常牵扯起对当下国产动画的失望。时至今日，我们的动画技术水准之高早已颠覆当年，但为何反而带来如此严重的失落感？或许，是因为对于生命的感知力经由岁月而趋向了不同的方向。但一时之性情，万古之性情，我们该停下脚步，去用心琢磨和体认动画人物所面临的世界。那个世界里有人性的至真，等待着我们与之一次次的重逢。就像约翰·伯格在诗里所写：“在那些用心灵习练的/漫长的岁月里/我曾等你。”动画的天空，愈自由，愈真实。

天将冷，是时候上火锅了

王若虚

▶▶ 雪 瑾

侧 耳 有 声

王若虚，作家，代表作《狂热》《马贼》《尾巴》《限速二十》。

天一冷，就该吃火锅了。

在今天，火锅是真的不稀奇，想吃什么样的都有：川渝火锅辣得畅快，潮汕牛肉火锅嚼劲十足，云南菌菇火锅鲜到眉毛落下来，羊蝎子锅啃起来豪迈，粥底火锅非常清淡，乃至什么泰式冬阴功火锅、咖喱火锅，还有以毛肚、鸭血乃至奶茶为卖点的各种火锅店。当然，还有云南路的热气羊肉，上海人都懂。

就连以前觉得很新鲜的鸳鸯锅，现在都已经算得上古流派。如今流行四分的、九宫格的、圆中有圆的，还有电动操控的——按钮一揿，带漏孔的第二层锅底自动升上来，里面全是“干货”，连漏勺都可以省去了，高科技。但味蕾记忆里，最特殊、最别致的，还是小时候在家里涮火锅。

对火锅有印象，是20世纪90年代中后期，笔者那时刚上初中，父母工薪阶层，收入普通，其中一位后来还买断了工龄，出去下饭馆是稀奇事情，一年不超过五趟——吃火锅，肯定是在家吃最为实惠。到现在还记得，电磁炉的电线用细棉包裹，黑底上有白色红色花纹，想象力张扬出去，像某种蛇的花纹，但对我而言只代表一件事：要吃火锅啦！

汤底是清的，母亲一开始在里面下了香菇、切片蘑菇、贡丸，还要撒点盐和味精，基本上看不到油花。羊肉卷、牛肉卷、蟹肉棒、青菜叶、花菜都在盘子里待命，偶尔还有燕饺加盟。对火锅比较懂的朋友肯定晓得，清汤锅烧开最慢，因为汤面少油，和烧开水差不多意思。换成重油的辣锅，肯定就快了。不信的读者，下次点个鸳鸯锅，一比较就能看出来。

清汤锅再慢，也要等，无他，唯馋虫效应尔。与此同时，川崎出品的酱料也准备好了，那时基本就两种选择，辣，不辣。母亲爱吃辣（当然，只是上海人里算爱吃辣而已），父亲爱吃酸的，所以家里要备两种川崎酱料。

但不管父亲母亲，都要在自己碗中的火锅酱里舀一调羹火锅汤，调一调，稠变稀，可能因为口味取向，也可能为省酱料，总之，我也有样学样。一直到今天，大部分火锅店的调料都是自助，五花八门，百花齐放，我再怎么调，最后都要舀一勺汤到酱料上，让旁人看不大懂。

犹记一次去成都，吃川锅的调料一般是底子里放很多香油，足足一碗。我呢，香油就倒了一点点，最后一调羹火锅汤浇下去，引得当地友人大呼看不懂，成为笑谈。

中国人吃饭，规矩不小。吃火锅其实也有讲究。比如，下菜要先荤后素，等汤锅里涮过荤菜，油也足了肉味也足了，再下素菜，素菜涮完自带肉香，用现在的话说，“蹭热点”。但有一样荤菜，必须最后再下，聪明的读者肯定猜到——猪脑。此物卖相过于写实，以至于爱者爱之深切，厌者看一眼就要吐。是

火锅店 ——

故，我这样的猪脑爱好者每次出去吃火锅，必然要等大家吃得差不多了，我才问，可以下了吗？得到允许，才能下去。

回到少年时代家里的火锅餐桌，猪脑这种东西必然是没有的，菜市场里根本很难买到。让笔者大快朵颐的还是肉卷。如今看来，那必也不是什么好肉，尤其是长大成人后去过北地，什么羊上脑、黄瓜条，讲究点的还要先用羊尾油“肥”一下锅，装羊肉的盘子还要竖起来看肉掉不掉，是真真讲究，真真细致——南方常见的盒装羊肉卷，在北地恐怕是要引起纷乱的。但对于年少的笔者而言，那时有不太羊肉的羊肉卷，已经是打牙祭的上品了。父母看我吃得多，自己便吃得少。父亲说自己爱吃火锅汤煮的面，母亲说自己爱吃蟹肉棒——我尝过，感觉都是面粉，彼时还想，口味真奇怪。多年后回想起来，真是想捶自己脑勺，哪里是母亲爱吃面粉，是为了让孩子多吃一口肉！

现如今，一切都成过往，经济发展，生活改善，儿时的火锅酱料在上海火锅店是越来越难找到，可能在一些卖鸡公煲、烤鱼的小店里还能见到。老早在家吃火锅是为了经济实惠，现在在家吃火锅，热闹还是热闹，但有一点，苦了最后负责洗锅的人。自然，现在很多火锅店都有外卖，但毕竟吃的是别人家的“牌子”和产品，感觉不大对。上海人家，或者说，中国的普通家庭，自己置办一桌火锅，不管什么锅，什么内容，什么调料，那种风味，那种热闹记忆，才是真正的舌尖上的中国之一。

她和你一起奔波在这个城市的雾霾里

她一着旗袍，就像是那个年代走过来的女子，是把从容与优雅长在身上的人，无论岁月怎么样。

——王丽萍

『木樨蒸』引出『芙蓉煎』

潘向黎

潘向黎，上海作协副主席、专业作家。曾获鲁迅文学奖、庄重文文学奖、钟山文学奖、人民文学奖、郁达夫小说奖、十月文学奖等。著有长篇小说《穿心莲》，小说集《白水青菜》《上海爱情浮世绘》，随笔集《茶可道》《古典的春水》等。

▶▶ 雷小雪

侧 耳 有 声

秋来，桂花的馥郁笼罩了全城。小区里的几棵今年开得分外盛大，忍不住走到桂树下，仰首享受那浓郁而清甜的香气，由衷地重复往年的惊叹：真香啊！真好闻！

好像每个花蕾都是一个迷你的黄玉瓶，里面藏着经过三个季节酝酿出来的香膏，等到“秋”君临，于是欢呼着将亿万小玉瓶中的香膏一起倾出，要从头到脚地膏沐这位新王。这一世界义无反顾的香，让人惊喜、陶醉，又暗生无功受禄的惭愧，几乎有点不知如何是好了。

桂花总让我想起辛弃疾的《清平乐·忆吴江赏木樨》：

少年痛饮，忆向吴江醒。明月团团高树影，十里水沉烟冷。

大都一点宫黄，人间直恁芬芳。怕是秋天风露，染教世界都香。

咏桂而得其风神，意境优美又开阔，字字清芬四溢。“大都”是“不过”之意，“一点”，言桂花之小，再借用宫中女子涂额的“宫黄”来道其色；当然主要为了惊叹其“香”——不过是这么小的点点嫩黄，竟然香到如此地步，让整个人间都芬芳起来了。

极爱桂花，又极爱辛词，以至于不见桂花时也会想起这阕《清平乐》。不久前逢《青年文学》出刊五百期，我就录了这首寄去表示祝贺，因为它是关于青春的记忆，飞扬、温暖、明亮、喜悦，正如《青年文学》这本名刊二十年来给我的感觉。

唐人咏桂名句，只记得卢照邻的《长安古意》的结尾：“寂寂寥寥扬子居，年年岁岁一床书。独有南山桂花发，飞来飞去袭人裾。”

无论是衬托南山的清幽和读书人的品格高洁，还是暗喻寂寞才子的文名将流芳百世，对桂花的慕悦之情都是非常强烈的。

桂花绽放的前后，天气突然闷热，好像掉头回到了夏天。初秋这种阴雨低温之后的晴好闷热的天气有个名头，叫“木樨蒸”，又叫“桂花蒸”。《清嘉录》卷八有“木樨蒸”条：“俗呼岩桂为木樨，有早晚二种，在秋分节开者曰早桂，寒露节开者曰晚桂。将花之时，必有数日炎热如溽暑，谓之木樨蒸，言蒸郁而始花也。自是金风催蕊，玉露零香，男女耆稚，极意纵游，兼旬始歇，号为木樨市。”

木樨蒸。桂花蒸。初听便心生喜悦，多么贴切生动，又何其美妙风雅！渐渐还觉得此中包含了一种来自民间、温润而坚韧的乐观态度。好像突然卷土重来的溽暑，就是为了成就一场桂花的盛典，于是复辟的高温不再令人不快，反而像一个高高兴兴订的盟约：桂花要开了，得热几天哦。好说好说，桂花香多好闻呀，尽管热！

一直琢磨着，要按此逻辑给另几种天气也取个好名头，来安抚那时节数着日子苦撑的自己。

荷花盛开时正是太阳“火力全开”之时，念在荷花就需要那样的灼热和强烈光照，那种烘烤一般的天气，不如就叫“荷花烘”？不好听。那么，“芙蓉烤”？听上去容易误会成“芙蓉考”，荷花不需要考证，也不好。是了，叫“芙蓉煎”，又名“荷花煎”（依例）。天气实在太热了，可是我不再说“热死了”，偏偏想：这是芙蓉煎啊。这不是无聊的命名游戏，这么一叫，潜台词就成了：“不这么着，荷花她可不开！出水芙蓉多好看啊，那年在西湖曲院风荷，还有绍兴沈园……唉，为了荷花，说不得忍着点热了。”

隆冬季节，霜冷风寒，大地冰封，但是蜡梅却偏喜冷，此花宜在寒潮来时，放在风口霜地，受足了寒，冬天着花才盛才艳，自然清香更多。那么，将那种“最难将息”的大冷天唤作“蜡梅冻”，那时的霜昵称“蜡梅霜”吧。这样一来，那份侵肌入骨的寒冷就带上蜡梅的清香，容易忍耐些了。

春天风雨不定、容易感冒的轻寒天气？就叫个“梨花阴”吧。

为了桂花，真心欢迎木樨蒸；为了蜡梅，从容应对蜡梅冻；为了梨花，大可笑对梨花阴；为了荷花，从此也不惧芙蓉煎。却原来，面对同一件事，感受也可以私人定制并且秘密刷新的，只需要个别致而有趣的理由。

时光慢慢走

王丽萍

王丽萍，中广联电视剧编剧工作委员会副会长、中国电视艺术家协会副主席、上海电影（集团）公司编剧。曾获飞天奖优秀编剧奖、上海电视节白玉兰最佳编剧奖、亚洲电视剧编剧大会亚洲文化贡献奖等。著有电视剧剧本《媳妇的美好时代》《生活启示录》《大好时光》等。

▶▶ 施　琰

侧　耳　有　声

2018年，婆婆电话说要到上海住一阵子，我诚惶诚恐：欢迎婆婆大人！

几天后，一大份快递到家，我先用小刀将纸箱边角噗嗒一划，缝隙豁开来，再掀起胶带的一头，呲溜一记，万万没有想到，里面是一个便携式马桶！

然后，婆婆就来了，径直到她房里查勘了马桶后，她让阿姨把便携式马桶放到床边上，她解释：我不想给你们添麻烦，这样，我万一半夜需要的话，也可以自己解决。

然后，婆婆撩开被子道：我带了自己的床单，你换一下子吧。

我说这些都是新买的、特别下过水、大太阳晒得扑扑香的，真当一点点都不敢怠慢。婆婆打开自己的行李箱，拿出一套粗布藏青的被套床单：我喜欢用深颜色的，80岁以后，我就不用浅色床单了。

二话不说，换起来。我们将白色的床单拉开，对面对叠起，我走过去，跟婆婆站得很近。婆婆说：年纪大的人总归麻烦多的，你们小辈要理解。

2020年岁末，我整理着五斗橱，看见了那套本白色的床上四件套，眼泪就啪嗒啪嗒掉下来，婆婆是真的永远都不会再用上了。我把它们抱到阳台上，搭在扶手栏上，手摩挲着棉布，阳光熨在上面，细绒细绒的纹路，提示时光慢慢走。

更早的时候，婆婆身体就大不如前了。她来上海，我们一起去了很多医院。为了表示生病没什么大不了，她要去逛街。过马路也好，进商店也好，都拉着我的手。她说：我身体没有什么。我嗯呐，没有什么。她道，我不会太麻烦你们的，我要识相。我抓紧她的手：妈！你不要这样说，你要让我有妈妈可以叫。

婆婆没有表现出对疾病的任何恐惧和担忧。她努力配合吃药，看病，积极生活，毫无怨言，待人接物依旧优雅得体。有一年，她外孙女单位搞演出，拿回家一身旗袍，婆婆非常非常兴奋：我也想试试！

不一会儿，手机的那头传来了婆婆踩着浅跟的小皮鞋，身着旗袍优雅漫步的视频。婆婆身材修长，略瘦，溜肩，背部曲线优美，烫发，头发棕色，她一着旗袍，就像是那个年代走过来的女子，是把从容与优雅长在身上的人，无论岁月怎么样，很难在我婆婆的脸上看见痛苦与忧伤，她总是笑容可掬、淡定明朗，她常常说：不要急，不要慌，不要怕。

2019年，婆婆来上海看孙女导演的儿童剧《孩子剧团》，那个时候，她从火车站出来到停车场一共要歇三把了。为了让她高兴，我们把她画的画挂了起来，她站在画前，半天不移动。我说，大家都夸你画得好。婆婆一笑：那你们也要加油呵。

到外面餐厅吃饭，婆婆像孩子般天真，她看着餐桌上装筷子的封套，轻声问服务员：这个筷子的封套给我吧。

拿回家，她将筷子封套展开，抚平。婆婆说：“我收藏了不少餐厅的封套，讲究点的，会把餐厅的名字电话地址一一标在封套上；再讲究点的，还用了上好的质地，比如真丝封套的，还有的，是书法家自己题写的；不同的封套，看着看着，心里也蛮欢喜的。”

此时此刻，我打开了2021年的台历，在1月19日上做了一个标记。那是婆婆大人离开我们的日期。快一年了，辞旧迎新的时候，我想对婆婆说：您教我们对生活的积极、乐观、认真、识相、豁达，我们都记得，放心哦，我们会保持好奇心，充满热情地面对生活。像你那样，不急，不慌，不怕。

迎春花

谈瀛洲

▶▶ 陶 淳

侧 耳 有 声

谈瀛洲，作家，学者。从事唯美主义研究和莎士比亚研究。著有散文集《人间花事》、专著《莎评简史》、长篇小说《灵魂的两驾马车》、历史剧《梁武帝》等。译作有《夜莺与玫瑰——王尔德童话全集》和《培根随笔全集》等。

一

记得我还是个小男孩的时候，有一年的早春，善于种花的新公公携来了一盆迎春老桩盆景，做成半悬崖式的树姿，种在一只棕色的紫砂方形高盆里。这株迎春细长的方形枝条上还没有长出叶片，却已缀满黄色的花苞，还略带红晕，仿佛经过霜冻一样。它粗壮的老根露了出来，如虬龙的利爪般紧紧抓握着下面的泥土仿佛掌中所攫的，就是它的生命。它苍老的树桩，是土黯色的，但缀满花苞的深绿色的枝条，却是那么生机勃勃。这种苍老与旺盛的生命力的结合，让童年的我深感震撼。

新公公说，做盆景的迎春最好是老桩，而且最好是做成露根盆景，这样才雅致。而做成露根样子的方法就是每年换盆的时候都把植株稍微提高一点，这样它的粗根就慢慢露出土面了。

现在想来，苍老而又生机盎然，这也许便是中国盆景艺术的美学吧。只有中国这样古老的文化，才能产生出这样一种艺术。而它，也是对这种古老文化的强大生命力的一种隐喻吧。

二

没过几天，这盆供在我阿爹案头的迎春，就灿烂地绽放了——它艳黄色的花朵，在上海阴冷的早春天气之中，如一道温暖的阳光。

若单从它的花来说，迎春并没有什么了不得：那只是一种单瓣小花，形状有点像小喇叭，花冠六裂，盛放的时候也不过只有一枚一分硬币大小，从花形的硕大与结构的繁复来说，完全不能与月季、牡丹、芍药等名花相比。但不管是爱种花的人也好还是喜欢弄盆景的人也好，多半会在家里种上一株——那就是因为它开花时间的早与巧。

迎春花开在早春，一般在蜡梅、水仙之后，春梅、春兰之前，在这个花事寂寞的季节，它的单薄小花，也就有了特别的观赏价值。就如卢新华的《伤痕》，现在看来并不是什么了不得的作品，可是因为它早，所以将来的文学史上免不了要提它一笔。

历代写迎春花的诗词歌赋，也多咏迎春开花之早，如白居易的《代迎春花招刘郎中》：“幸与松筠相近栽，不随桃李一时开。杏园岂敢妨君去，未有花时且看来。”现在有许多种耐寒的花卉从西方传入，在早春，也已有一些花了，但跟百花盛开的仲春依然不能比。这个时候，看看迎春，还是很不错的。

三

迎春花谢后，新公公又来了。他对我说，迎春花谢后，要把它的细枝全部剪去，然后再给它翻盆换土并施以重肥，让它重新发枝。这样才能使树桩愈发粗壮苍老，而只有萌发的新枝，才会在第二年缀满花苞。

说完，新公公举起一把利剪，“咔嚓咔嚓”地把迎春的细枝全部剪去，只剩下一根光秃秃的老桩。这一幕情景，在幼小的我看来，未免有点残酷。但不久之后，迎春的老桩之上，果然怒生出新芽来，而且很快就长成了长长的枝条——原来迎春是一种极强健、自我更新能力极强的植物。

新公公挥剪修去那株迎春的枝条，已是近四十年前的事了，但至今仍深深地印在我的脑海里。

四

园艺让我悟到许多东西，其中之一就是生命的新陈代谢，乃是自然不易之规律。我们不但必须接受它，有时甚至必须促成它。

因为被芟剪去的，不过是生命的枝枝节节，而生命的本源，活力依然旺盛。

上海底片（节选）

滕肖澜

▶▶ 袁鸣

侧耳有声

滕肖澜，作家。著有长篇小说五部，作品集十余部。中篇小说《美丽的日子》获第六届鲁迅文学奖。长篇小说《心居》入选 2020“中国好书”。

父亲扔给我一本《西餐礼仪入门》。连着几天，母亲都煎了牛排，让我练习刀叉。大伯夫妇从美国回来，下榻希尔顿。周末与我们约在宾馆吃西餐。为了这次碰面，父亲给我买了一条新裤子，拿熨斗烫出两条笔挺的筋，上身配白色短袖衬衫，皮鞋亮得能照出人影。他叮嘱我，多微笑少说话，刀叉绝不能碰撞发出声音，席间如果上厕所要说“Excuse me”。母亲到理发店做头发时，带上我，让我给她些意见。我坐在角落，看理发师先把母亲的头发润湿，分出发片，涂上烫发水，再将每片头发按同一方向旋转上好发杠，套个薄膜帽子，整个放到烫发器下去蒸。完成后，我看着她湿漉漉的满头小卷，说，不灵，还不如本来呢。她说这是礼貌，赴客人的约，做头发显得隆重。我说，去外婆家吃饭，你怎么从来不做头发？她说，外婆家都是自己人。我说，大伯也是亲戚。母亲便停了停，叹道，再亲的亲戚，几十年不见，也成陌生人了。

周末，一家三口盛装出席，叫了出租车，径直到希尔顿门口。那是我第一次到五星级饭店，推开玻璃旋转门的那瞬，触目便是一片亮，每寸地方都在反光。母亲的高跟鞋踩在地板上，一路发出清脆的“叮叮”声，冷气很足，空气里弥漫着不知名的香水味。到处都是穿西装的人，神情闲适、优雅。不知从哪个角落传来的钢琴声，轻轻回旋着。

侍应生把我们带到座位上。大伯与大伯母站起来迎接。大伯身材高大，脸色红润，鬓角有些泛白。相比我们的正式，他们反而穿得随意。大伯是夹克衫牛仔裤，大伯母则是一套咖啡色裤装，不施脂粉，只在颈里挂一条珍珠项链。大伯轻拍我的头，叫我“弟弟”，说曾经见过我的满月照，转眼就成大小伙子了。他们的上海话听着有些别扭，应该是长期在国外讲英语的关系。大伯母拿出一台理光相机给我，说是

希尔顿 ——

见面礼。父亲母亲使劲地推辞，但拗不过她，只得收下。又示意我致谢。我拿着相机，不知怎的，竟憋出一句“Thank you”。那种场合，五星级饭店，对着两个归国的华侨，好像自然而然就说了英语。很是应景。事后父亲对我说，应该加上“very much”，那就更好。

侍应生送上菜单。我点了牛排，五分熟。端上来牛排泛着血丝，便有些后悔，该说“七分熟”才是。半生的牛排切起来有些吃力，与前几天练习的范本完全不同。我竭力保持着冷静，脸上微笑，刀下使劲。大人们有一句没一句地聊着天。母亲平常语速很快，现在则放得很慢，说一句，笑一下，再吃一块肉。坐姿优美，腰挺得笔直，微微前倾，拿刀叉的小手指稍稍跷着，咀嚼时闭着嘴，完全听不见咂巴咂巴的声音。所以母亲说得没错，大伯是客人而不是亲戚。像外婆、舅舅、舅妈、姨妈、姨父那样的，才是亲戚，团团坐一桌，热乎乎地聊天。

……

离开时，大伯夫妇送我们到宾馆门口，门童上来问我们是不是要车。父亲本来打算回去时坐公交车的，但这种情形下，便不好意思说“不要”，只得点头。伯父与父亲拥抱了一下，然后我们上车，摇下车窗，与他们挥手告别。

路上，母亲便开始发牢骚，翻来覆去说着“没名堂”。她说，像去见祖宗似的，光买新衣服就花了两个月工资，没名堂，不就是吃顿饭嘛，用得着这么郑重其事吗，没名堂，真是没名堂。我想说，还有那些练习用的牛排，也不便宜。父亲初时不语，后来被她说得烦了，就说，人家大老远来一趟不容易，我们郑重一点有什么错，都是亲戚。母亲停了停，看见打表机上不停飞跃的金额，又是火起：来去还要叫差头，轧这种清水台型，没名堂。下车时，父亲口袋里只有一张百元钞票，就问母亲，零钿有吗？母亲翻了一遍口袋，叫起来，今天穿成这样，怎么会把零零碎碎再放在身上，一弯腰丁零当啷全掉出来，好看啊？父亲哎哟一声，还没说话，司机在旁边道，整钞票给我吧，我找得出。

当天晚上，我在房间研究那台照相机，隔壁父母争吵的声音源源不断地传进来。大伯的事情是根由，旁岔出去，枝蔓越生越长，密密麻麻。

凉薄与耳热

张怡微

▶▶ 王幸

侧耳有声

张怡微，作家，复旦大学中文系教师、创意写作（MFA）专业硕士导师。曾获未来文学家大奖。著有小说以及散文二十余部。代表作《细民盛宴》《家族试验》《樱桃青衣》等。

这几年每次回到上海，不是严冬就是酷暑，于是对于这座城市，也多少有了些和童年里大不同的领悟。

我小的时候住在田林，刚搬去的时候，宜山路还是一片农地，每天傍晚，母亲要拉着我的手穿过猪圈去倒痰盂。十八年后读大学时，我随母亲搬迁到了浦东耀华路附近，那时田林已经是壅塞闹猛之地。相较之下，浦东南路却路广人稀，一入冬夜，就萧瑟如荒原。有一天晚上我坐隧道二线到昌里路下车，路过蔓趣公园门口，只见三根光秃秃的树杈，忽然有些感动，拍了张照，昏黄灯下简直分不清楚是雾是霾，烟笼寒水月笼沙。顿时觉得，即使外面再温煦，眼下这才是真正的家。那是宽阔的马路远方，寥落的烧烤摊头、呛人的白烟已是这片地域上最动人的萤火。最大的温暖不过如凛冽严冬下好不容易点燃的烟头，它本身是烫人的，但可供携带的暖意却那么有限，难以分享。

小时候我以为，所有人都知道冬天应该是这样的，如今却知道不尽然。有些地域，即使成年人都不知道在冬天洗手手指冻成胡萝卜一样粉红是多么寻常。上海的冬天，兀自肆虐四季中最为严酷的凛冽，但到底，不管多难，日子还是要活色生香地过下去。

几年前我还在台中当交换生时，记得夜市里有一家烧腊店的老板娘是上海人，嫁到台中二十年，她对制作台式便当已经熟稔得宛若当地人。听我们说上海话她就好激动，一个劲儿问我们过年回去要不要订牛轧糖，她说的一句话让我印象很深，“他们不懂的，其他东西都没啥意思，只有这个糖最好吃”。我不知道她口中的“他们”指的是谁，是在台湾观光的非上海人，还是台湾人，还是上海人里面“不懂”的上海人？但我大致能够理解她口中这种“他们”和“我们”之别，是强势的、任性的又带着体贴的自以为是。她到哪里，不管生活得如何，那种莫名其妙的矜贵与“他们不懂”的自信都能随身携带，是隶属于上海的根。

台湾作家蒋晓云的小说里写上海人对话，“大妈妈”书面写成“笃妈妈”，“派头大来兮”写成“笃来兮”，借了音，上海人都能看懂。我自己也写了不少台湾，但对照台湾朋友笔下的上海，每读一次都有奇妙的感受。

历来，上海人都承担着非议，然而习惯成自然，非议甚至也自呈为文化。我刚到台湾的时候，就被学院中对张爱玲小说的绝对推崇震撼到。学台湾文学的人中有大量研究上海租界、张爱玲小说的青年学生，然而那是显微镜下的上海，总觉得与我所亲历的上海太不相同。而即使不是研究上海，异地的理解同样有许多奇妙的碰撞。有一天课上学《神偷寄兴一枝梅，侠盗惯行三昧戏》，讲嘉靖年间神偷懒龙散财好义的趣事，他将偷来的钱给穷人并吩咐道：“这些财物，可够你一世了，好好将去用度。不要学我懒龙混账，半生不做人家。”同学分析，这反映了懒龙没有成家的孤独心境。然而“做人家”在上海话里不就是节省的意思吗？“孤独”在字面上倒暂时无迹可寻。

要理解上海在凉薄背后的暖意并不容易，牵扯了太多的世故人情，可谓一言难尽。秋冬时，饭桌上的黄酒热、鳗鲞香，只需要一点点沉淀的时间，距离掏心挖肺的耳热之时倒也不会太遥远。然而不知凉，又何来对热的懂得；不知辛苦，又何谓对幸福的珍惜。

记得有一次我去肿瘤医院看化疗中的家人，电梯堵着好多人，有个上海的病友轻声对旁边的人说：“我跟侬讲，这个真的没有办法，急也不是这么个急法。我教侬一只办法，侬要么试试看，就是回到家里一直放《大悲咒》，侬可以放得轻一点，不碍的。”这有什么用呢，我心想。

她又说："其实我也不相信的，但这样侬心里会稍微适宜一点。"

不是病人，而是"侬"。而侬，就是我。世事无常，但心里稍微适宜一点，总是这个严酷冬日里最体贴的一点点萤火。

上海（节选）

张定浩

▶▶ 徐惟杰

侧耳有声

张定浩，作家，编辑。著有文论随笔集《既见君子：过去时代的诗与人》、诗集《我喜爱一切不彻底的事物》、译著《悼念集》等。

因为无法沟通，传说中的巴别塔没有造好，其实也并没有夷为平地，它停留在半空的废墟，慢慢变成了我们的大都市。

我想谈谈上海的半空，并思考一下那些白天黑夜身处半空的人，假若所有高楼的墙面都在瞬间透明，所有的高架桥梁都突然隐形，我们会看到超过一半的上海人，在半空中行走坐立，一些人走在另一些人的头顶上，而这些人的头顶上还有另一些人。有时他们还会相互跨越，踩踏，或者拥抱。但他们的眼泪和笑声都飘落不到地面，就已被吹散。

我在上海的第一份工作，地点是在福州路书城的十四楼。单位里有个乒乓房，兼作休息室，大落地窗朝西，几个沙发随意放置，下午有很好的阳光，并能看到日落。我没事的时候喜欢溜过来抽根烟。在人民广场一带，十四楼不算高，外面则是另一片没什么看头的高楼，当然，它们都不是透明的，所以没什么看头。在下方，沿着广东路一直到西藏中路这段，有一片老式的低矮的上海民居群，无论晴天或雨天，我的视线总是最后落在它上面。那起伏有致的屋顶像一片暗红色的波浪，偶尔有一只白鸽掠过，让人凭空会去想象，那一片暗红屋瓦下的主人，正在做些什么？

写字楼里，往往是吸烟室风景最好，因为需要真正的视窗。比如我有一次有事去朋友的办公室，他在忙，告诉我顶层十五楼有个小吸烟室，我上去一看，真是个好地方。几平米的斗室搁着一张小圆桌和两把椅子，虽然逼仄，但坐在那里抬眼就可以见到下面和平公园的绿地，有蓬勃的树，平展的草地，还有一些运动的人，我从高空俯视他们，不再觉得这斗室的局促，就像我夜晚坐在楼宇间的空地仰望星月。风呼啸地吹进眼睛。

有一年，我在汉中路的十楼上班。有时会从格子间里跑出去放一会风，站在电梯口一旁的北窗向外

外滩天际线 ——

望，除了没有名字的高楼外，唯一生动的，是对面的一个大汽车站。每天进进出出的人和车很多，不过即便只是从十楼的高度望下去，那停车场竟如儿时的天井，那些大巴士就是玩具汽车，而那些进进出出的人呢，仿佛是来自另一个国度——利立普特国，也就是《格列佛游记》普及版里的小人国。我不用去作遥远而艰辛的旅行，每天在高楼上就可以看到那些利立普特人，遂想着，等自己下班走在这街上，也会成为另一些看客眼中的利立普特人。

我想谈谈上海的半空，并思考一下那些乘高速电梯直上东方明珠、金茂大厦旋转餐厅抑或环球金融大厦顶层的人们，以及在温暖的春日身处锦江乐园摩天轮里相互亲昵的人们，还有那些在冬天一点点退守至屋檐楼顶的雪。在上海的半空，他们如何浮现又消失。

某次，搭一个艺术活动的便车，和一个远道而来的老友在外滩三号七楼顶层餐厅的阳台上说话。周围很热闹，手上餐盘里盛着各式美食的服务员四下游走，但朋友视若无睹，并对我说，这些东西都不好吃，她同时视若无睹的，还有对面巨大而绚烂的广告牌和暗黑色的河流一起构成的，让这些上海半空中的用餐之所以成为一种奢华的，所谓夜景。

忘记是在哪本小说里看到，有个人说要去看夜景，另一个人就很奇怪，你去的地方连一点光亮都没有，看什么夜景呢？那个人说，夜景，不就是夜的景色吗？

蚕宝宝

久久

▶▶ 陈　璇

侧　耳　有　声

久久，复旦大学古典文献学硕士，《上海文学》杂志执行主编。曾获 2021 年上海出版新人奖。

20世纪90年代初那会儿，虹口区的小学组织过一个“绿化近卫军”的活动，每周有一天，下午放学回家拎一把火钳，和三两同伴会合后，扛着旗子趾高气扬走到久耕里附近的绿地，随便找一处空地把旗子一插，人便迅疾钻入树丛。

起先是寻觅绿地里的垃圾杂物，用火钳夹了归拢到垃圾箱，但这样的工作，往往耗时无多，余下的时间，便是在树丛里游手好闲。看到歪斜的小树，会用绳子绑一下，至于绑得是否得法，不在我们考量的范围。寻觅漂亮的花，但只限于欣赏而已，摘花是“毁绿”，这点觉悟总还是有的。

第一个发现蚯蚓的总是男生。那些褐色的细长柔软的小生物，一曲一折地蠕动，换到现在，大概是会立刻尖叫着逃开吧？但在当时，只觉得对世界充满好奇，怀着欣喜之心观察一切，不带任何先入为主的偏见。绿地也许是我们了解自然最便利的途径，如画卷徐徐展开，虽然空间狭小，物种有限，也已足够我们去倾力探索。

那一次我记得自己挖了整整一瓶蚯蚓，带回去放在花盆中，指望它们在那里继续安居乐业。然而很快我就将蚯蚓们淡忘了，因为学校兴起了新的时髦——养蚕宝宝。

有同学带自己的新宠来学校，骄傲展示这些肥白的小虫，在我的请求下，蚕宝宝的主人带着惠赐的神情，小心翼翼捉起一条放在我手上。它腹部柔软的足簌簌地爬过我的手背，痒痒的，让人忍不住想笑。上海不是遍植桑树的城市，桑叶得之不易，一个女孩说她家弄堂口有一棵桑树，她立刻成了班里的红人。

同桌家里养了一大盒蚕宝宝，结茧的时候邀我去他家参观。我拈起一枚小小的茧，想到日后这漂亮的小白球里会钻出一只难看的蛾子，就未免有些惆怅。

隔了一个月，同桌献宝似的递给我一个纸包，我拆开，里面散落着一些深色的芝麻点。他神秘兮兮地告诉我，这就是蚕宝宝的卵，“明年，你也可以养蚕宝宝了”。

我将纸包郑重地折好，塞进书包。只是，当第二年春天到来时，我忽然发现，那个纸包不知被我遗落在了何处。我期待也许有一天，家里的某个角落会有蚕宝宝突然钻出，我等了又等，它们始终没有出现。

撩大水，好快活

胡展奋

▶▶ 陶　淳

侧　耳　有　声

胡展奋，资深媒体人，作家。主要从事报告文学的写作，著有《疯狂的海洛因》《躁动的陕北》等。

窗外正在“发大水”。屋内小孙囡团团的《小猪佩奇》也放得热闹：“我们在泥坑里，跳来跳去，跳来跳去，跳呀、跳呀、跳！”

因此而忽发奇想，“大水”难得，带着孙囡撩撩大水如何？生活太庸常了，不妨来点惊喜。

果然，听到了我的主意，团团高兴得不敢相信，一口气叫了十多声的“爷爷”表示响应，平时她就爱踩浅水洼，家里为她好这一口，还特地买了小雨靴，今天可以大展宏图了。

但问题马上来了，小雨靴的靴筒太短，没入大水立刻被灌满，夹浆夹水的非常难受，本来就想“放养一下”，经风雨见世面的，穿着雨靴撩大水不是隔靴搔痒么？为有切实体会我干脆给她赤脚，换了硬底的塑料拖鞋，直接在水里趟。

邻居们见了大惊：天哪，小囡撩大水？！你做爷爷的疯啦？！我笑而不答。心想，你们的孩子将来就会少了这段珍贵的回忆。撩大水怕什么？生活的精彩就在于它的多样性。成天这不能碰，那不能看的孩子，捡张树叶有菌，喝口冷水有毒，很可能长大了就是个废物。

再说，撩大水在我家也是有传统的，团团她爸三岁那年从幼儿园归，正好“发大水”，他妈妈就带着他“撩大水”，那种兴高采烈，他说都快三十年过去了，仍然温馨回忆，恍若昨日。

或曰，“大水”里有害物质很多。这我知道。但偶尔一次，有啥关系。想当年，大人们怕着台风，我们却盼着台风，台风来了有大雨呀，大雨下了，有大水呀，小巴辣子就开会啦！玩伴们总是赤着头冲进雨里撒欢，长者的呵止充耳不闻，能够疯一次，这一天就没有白过，弄堂的花坛，弄堂的淘米池里到处是大雨里疯玩的孩子，有一年我五岁，跟着大孩子在康定路撩大水，深深浅浅地一路撩到延平路牛奶棚附近，大孩子们把我忘了，一转眼不见了他们，我就乱转乱找，忘了来时路，开始还不知道怕，和几个陌生孩子玩水，后来陌生孩子也回家了，只剩下我，我怕了，拼命喊，没人理，天渐渐暗去，我完全迷了路，只见无数陌生的大人从我身边匆匆走过，我叫他们“阿姨”或“爷叔”，他们只奇怪地看看我，不知道我要干什么，便都依然走过，我一急，放声大哭，是那种“急哭”，基本声嘶力竭拼命了，于是大人们马上围拢来，问长问短，大致是“小朋友，哪里的？”一类，我才五岁，大概只会说“我要回家”，被问之下，根本说不清家在哪里，家里有什么人，什么路，几号？都不知道。

暮色中，我记得有个“大人”说，把他送派出所吧，派出所会解决的。于是一起附和，把我送到了“余姚路派出所”，其实余姚路离我所居住的康定路很近，只隔一条马路，但因为我说不清住哪里，派出所也只好干着急，不知往哪里送，情急中有人问，你爸爸叫什么？这一问，我福至心灵，张口回答某某某。

那三字怎么写，我当然不知道，但根据这三个音，派出所根据户口登记很快就找到了我的家。

五岁撩大水，使我一辈子都明白了一个道理：一是哭是最强大的；二是记住一个名字有好处。

所以，我不怕带着孙囡撩大水。水乃世间至柔又至强的物质，人类从水中诞生，人不应该从小亲水吗；其次，蹚水的妙曼难以尽言，当温凉的大水刚刚漫过脚面时，肤感像是小鱼轻轻啄着你似的，说不出的惬意。然后你加快速度，水流得以迅速冲击脚踝，渐渐地冲击腿肚，痒痒的，凉凉的，越来越深，越来越凉，我相信小孙囡一生对它会有记忆，会说，我某岁那年，爷爷带我在徐家汇附近“撩大水”，真刺激，你们有这个记忆吗？

撩大水还有一种“撒野”的快感。浩淼积水改变了所有街道的路况，无论单车还是步行，因为无法逾越水障，众多行人被迫放下自己，但也乘机放纵自己，纷纷跃入水中，做一次自由人，笑嘻嘻地撩起了大水，乘机“冒野”，皮鞋当套鞋，T恤充泳衣，任大水把浑身溅透，看表情个个心花怒放。

有时，我们被文明束缚得太紧太久了，也被庸众裹挟太紧太久了，真是土壤一样活得好累好蠢好板结，今天且把一切撕去，岂不快哉！

小花旦（节选）

王占黑

▶▶ 王　幸

侧　耳　有　声

王占黑，写作者，1991 年生，已出版《小花旦》《空响炮》《街道江湖》。

我们小区虽小，理发店从来不会少。我读小学的时候，地面上竟同时开出了三家，哪一家都不缺生意做。东边便民理发店的阿姨戴一副酒瓶底子厚的眼镜，人们就叫她眼镜。眼镜的车棚因是自家的，价钿便宜，老年人去得多。西边惠民理发店的阿姨年纪稍轻一点，但块头大，人们叫她阿胖。阿胖开店的头两年，整个人像发糕似的发开来了。可她替人刮胡子刮出了名气，去过的都说适意，吸引了一帮男客。还有一爿开在小区门口的香樟树底下，不叫理发店，叫作美发屋，就是小花旦的地盘了。巧星美发屋店面不大，客不多，谈山海经的人倒是常来常往。路过不细看，只当是老年茶室。

眼镜和阿胖作为竞争对手，时常隔空传话，相互抹黑几句，眼红几句，小花旦却从没人同他吵过。一来，小花旦讲，好男不跟女斗，二来，小花旦讲，我同人家做的不是同一趟生意呀。

小花旦的生意，同谁都不一样。他讲，五块十块的剃头生意，我不稀奇的。碰到老王这样的老相邻，旧同事，隔月去剃个头，不算数的。小花旦手脚快，三下五除二搞定，从没收过一分钱。巧星美发屋，专门做的是阿姨们的生意。小花旦讲，别说小区里，就是老远八只脚的老太太要烫头，要焗油，都情愿穿过大半个城来找我。

小花旦走的是一条龙服务。

老太太们要出客，要上台，想甩甩浪头了，早几个礼拜就要来巧星美发屋报到。小花旦先问好，穿什么，再定头型。人家若想不好怎么穿，索性全托给小花旦，一手包装。永红丝厂里跑了几十年销售，小花旦对穿着打扮颇有研究，真丝棉麻，料作款式，怎么显身形，怎么衬肤色，脑子里清楚得一塌糊涂。衣服还没做，小花旦上上下下一比画，一形容，老太太仿佛仙袍上身，头颈伸长，腰板笔挺，旁边的小姐妹齐齐叫好。然后小花旦再同人家细细讲，去哪里选料作，寻裁缝，不合身了找谁改合算。做这种事，小花旦本身就很来劲。老太太自然一百个放心，过几天，衣服乖乖拿来，排队等做头发，店里闹猛得不得了。

小花旦讲，人家给老人烫头，好比工厂流水线一样，烫一个，走一个，走出来都是一式一样的，有啥意思，人老了就不要寻开心了吗。小花旦就舍得花时间，给老人研究头型，好好烫，细细弄，走出去有样子，扎台型。久而久之，妇女队伍里传来传去，小花旦就做出了名堂。三五结伴而来的，从头到脚问一遍，一个烫，几个在边上看，蜜饯咬咬，闲话讲讲，也问几句自家等会要怎么弄。小花旦确确有这样真本事，一边干活，一边服侍看客，聊得人家开开心心，服服帖帖。

要论保养么，阿姐比我有经验呀，讲穿了，皮肤同钞票一样，多拿出来摸摸，就不会皱。

20 世纪 90 年代超市开业 ——

大家有缘做几十年小姐妹，为一桩事体吵相骂有啥好处？老来不比美，要比大方。

阿姨覅气，媳妇嘛，讲究一个以静制动。你不骂，人家也不会主动吵上来。一样的道理，你不下指标，人家反倒不好意思，屋里生活就做起来了。

老太太纷纷点头。她们讲，巧星这只换糖嘴巴，真真是甜的来。跑一趟巧星这搭，比寻个老娘舅还灵光。

巧星美发屋和保健品是一种道理，老年人里有口皆碑，正经人则视之为脓疮毒瘤。社区干部讲，人家东西两爿店虽说是小本生意，到底规规矩矩，有营业执照，有卫生许可的。你看看你这个地方，胡来。

进去检查，小花旦店里处处都是危险动作。电是从楼上接下来的，热水是煤球炉现烧的，烫头罩子万年不洗，各式药膏也没明确的来路，更不必说保质期。今朝用过了放进抽屉，下次再拿出来挤一点。小区每搞一次文明建设，巧星美容屋就面临一次严打。停停办办，实在撑不住了，有一天小花旦也搞了张营业执照，裱起来，挂在店门口叫大家来看，法人代表阮巧星，交关神气。谁晓得这个阮巧星仍是假的，是打给电线杆上的办证电话打来的。小花旦一边烧水，一边说给老太太听，两百大洋，给社区里买个放心。

小花旦讲，我做生意是做给客人的，又不是做给工商局的，要伊满意做啥。

老太太们听得有理，巧星美发屋便照开不误。她们不是不晓得安全问题，只怪小花旦的推销实在做得太好。人家店里贴了明星照，发型图，他这里专程有阮家阿婆做活体模特。

小花旦绝非每天都肯开店的，钓鱼要去，舞厅也要去的。他店门口贴着告示，一份令人羡慕的工作时间：下午 12：30—5：30（星期四休息）。但实际操作从不按纸上来办。但凡营业的时候，起来做的第一个头就是阮家阿婆的。吹好弄好了，叫阿婆往店门口的树底下一坐，蒲扇一摇，人们就走过来看了。

哟，阮家阿婆，今朝漂亮来！

一个村童的商品经济

沈月明

▶▶ 李吟涛

侧 耳 有 声

沈月明，作家，媒体人。从事新闻工作二十余年，文学和乡土仍为挚爱。著有《沪乡记事》等。

夏天的午后，已经七十多岁的奶奶在屋后阴凉地里的小桌子边，一粒一粒慢慢敲着西瓜子。

而我有时会坐在奶奶的对面，左手捏住一粒西瓜子，尖端朝上，用小榔头轻轻一敲，力度要正好使西瓜子裂开而不折断，然后迅速单手将它倒个个儿，再用小榔头轻轻一敲，一片象牙白色的瓜子仁便脱壳而出。如此一粒接着一粒，俨然一个流水线上的熟练工。

我这是在帮奶奶挣钱呢。

我小的时候并不知道瓜子仁是做什么用的。有时敲坏了一粒就放进嘴里吃了，品不出什么味道。如今我知道很多传统糕点包括西式点心都有它的点缀，而且是高价的标志。比如果仁蛋糕、瓜子仁薄饼、毁誉参半的五仁月饼等。

如果你在20世纪80年代成长于城市，那么你吃的美味糕点里可能有我的劳动。我只是很遗憾地告诉你，我敲瓜子的时候并不很明白食品卫生的重要性，所以不会事先洗手，刚捉过青蛙也未可知。

除了敲西瓜子，我们那时候还加工松子仁。那种松子是三角锥形的，像石头一般坚硬，须用专用的钳子钳碎。另有一种更精细的活，是把烤好的松仁外的一层烟（膜）脱去。那时的加工方法是把松仁放在脚扁里反复颠，也是非常费时费力的活。

西瓜子和松子都是从乡食品厂领的，敲出来的果仁按重计加工费。报酬虽很微薄，却是当时老人小孩难得“生意”。

整个80年代利用农村闲散劳动力和乡土资源的经营业务是相当多的。另外比较典型的两项是晒蚯蚓干和刮蟾酥。

蚯蚓干和蟾酥都是中药。蚯蚓干（中药名地龙干）有清热定惊、通络、平喘、利尿的功效。蟾酥是蟾蜍头部两侧凸起处内的浆液，性温，有毒，主治小儿疳积（营养不良，发育迟滞）。早年这些药材都是从乡间采集，当制药业迅猛发展，采药人不够用时，就须发动人海战术了。

晒蚯蚓干是家庭行为。母亲主掌各个流程，而我会参与捉蚯蚓。那时乡下蚯蚓遍地都是，松软的菜地里一铁搭下去，翻起来就是好几条。蚯蚓抓来后，就用剪刀一条条剖开，洗净放到帘子（一种可卷起来的苇席，农村用来晒物）上摊晒。晒干就好卖了。

而刮蟾酥是我们儿童自己的挣钱门路。到药材公司领一个像贝壳一样的铁皮制的夹子，就“开业”了。从来不受待见的老蚧巴（蛤蟆），在那么一两年里突然变得像宝贝一样，而对蛤蟆来说，那无疑是一段苦难岁月。我们满地里找蛤蟆，逮住了就用夹子夹它头部两侧耳朵部位的凸起处，会有浓稠的白色液体流出。

然而这些都还不算是真正的个体经济。

整个80年代，南汇农村洋溢着浓浓的创新创业精神。告别了人民公社，可以名正言顺地搞副业、搞个体经济了。各种各样的养殖业、各种各样的加工业，农民家庭都热烈地去尝试，反正是小本经营，即便亏了，饭总有得吃！

80年代上半叶，养长毛兔成为一股风潮。当时我家也养了些兔子，最多时候也不过十几只吧。记得我们小学的校长——也是爸爸的好友——不知从哪里觅来了产量高的长毛兔品种（当时有西德兔、小洋兔等“名品”）。等到它们生了崽，校长送给我们一对。我们对待这两只“良种”长毛兔那欣喜又小心的心情不亚于台湾迎来了大熊猫团团、圆圆，而且也特别盼望它们生育出下一代。

每到兔毛长到丰满，我们就把它们放进竹篮里，盖上布巾，带到镇上去剪毛。收购站的剪毛师傅“咔嚓咔嚓”把兔子剪到一丝不挂浑身发抖，留下一盘子

外贸服装小店 ——

兔毛。称兔毛的人把眼镜推到鼻梁，看清磅秤上的刻度，然后结现钱给你。而我们对于他有没有看清了数、算清了钱都是不计较的。揣了钱，装上屡屡要跳出篮去的兔子就回家了。

那些年，养长毛兔，养荷兰兔，养蜗牛，种蘑菇，种草菇，种伊选西瓜，种伊丽莎白瓜（一种引进的甜瓜），一波接一波地流行，整个南汇农村就像在开世界农艺博览会。而所有这些养殖、种植技术，对刚刚从集体农业走来的南汇农人来说，都是陌生的。但由于对勤劳致富的渴望，加上南汇人的好学聪敏，无论什么农业技术，通过口口相传，大家都无师自通了。

如今我们提倡“大众创业、万众创新”，当时的南汇农村正是如此。

我作为一个儿童虽不典型，却也是生动的一例。

除了帮母亲抓蚯蚓、养兔子、种蘑菇、种草菇，我个人还有常年的创收渠道，那就是废品回收。具体来说就是四处搜集电线、各类金属零件，从中提取铜质材料，卖给废品收购站。

任何东西是不是铜质，只要在墙上磨一下，就一目了然了。而我处理电线也很老练，把电线团成一团放进灶肚里烧，等火熄了拿出来放在地上一阵踩，锃亮如新的铜丝就脱壳而出。对了，那种塑料皮烧焦的味道很好闻。

早些年本村养猪场等一些村办企业向上海造纸厂定期收购工业垃圾，晒干后用来当柴烧。当这些垃圾从船上运到场地上晾晒时，我们这些“资源回收专员”就会循迹而来。所谓垃圾主要是擦机器用的纱线，以及其他生产活动中产生的一切固体废弃物，这当中也包括电线。运气好的话，你甚至能在其中翻到一角、两角甚至五角的纸币，这是给我们这些循环经济先行者的额外奖励。

有一次我在一堆垃圾中发现一个半圆形的铜拉手，拿在手里沉甸甸的，我像发现珍宝一样心里一阵狂喜。然而它与一团纱线紧紧地缠绕在一起，偏偏这个时候天下起雨来，我哪里肯轻易放弃，蹲在地上冒雨奋战。记得那天妹妹一直站在我身边陪着我。等我成功把铜环取下，头发衣服都已经微湿了，但我和妹妹回家的脚步轻快了许多。

每次去收购站，心情约当于山里人赶集，但我的收益是确定的。

有一回我和几个淘伴在收购站瞄到橡胶价格“两元一斤”，当时简直不敢相信自己的眼睛。我们立即联想到阿国兴家场地上约三分之一截的废轮胎。虽然我们反复论证这是他家不要了的东西，他们无视它的价值那也实在怪不得我们，但下手抱走的时候还是慌里慌张。

在走向收购站的路上，想着即将到手的“巨款”，大伙心潮澎湃。我们几个大孩子一合计，请阿忠、武董两个小孩负责运输这段轮胎，并大方地许以每人五角钱的优厚劳务费。他们也很兴奋，每个人都感觉脚底生风。

我们小心翼翼地把这一截珍贵的轮胎放到磅秤上，营业员报价："两角。"这一次我们简直不敢相信自己的耳朵。再一看价目表，原来是两分钱一斤！回家时每个人都无精打采，一路无话。

回顾"轮胎事件"，我忽然发现从中可以窥见市场经济的发生、驱动、运作以及社会分工、阶级分层等一系列机制的最初形态，实在有意思极了。

虽然不经别人允许拿过一截废轮胎，但我依然可以自豪地说，80年代我们农村人无论从事农业、副业还是个体工商业，都是诚信为本。大家用智慧和汗水去换取的是干干净净的钱。比如蟾酥这东西，一点点就值不少钱，真要想掺假办法肯定是有的，可我们想都不会往那儿想。

但我们做一帘子（一张帘子比一张双人床还要大）的蚯蚓干，只能卖十五块钱。捕捉几十上百只蛤蟆，刮到夹子无可容纳，只得三角钱。种草菇，天微微亮就要开始采摘，拣好切好，在日出前送到十里地外的老鹳嘴收购站，一趟所得不过十元钱。

敲西瓜子最廉价，加工一斤西瓜子仁，计三角五分钱。而得一斤瓜子仁，可能要敲上整整一天！我们从早敲到晚，敲得手脚酸麻，得的钱可能只够城里的孩子买一个瓜子仁纸杯蛋糕。

母亲说起80年代农村的家庭种植业、养殖业，只叹大家做死做活，一年到头其实赚不到几个钱。

但这就是城乡差异，就是那个时代的社会分工。老一辈南汇农人甚少抱怨与城市之间的不公平。也许在他们的内心，已经觉得上天眷顾他们很多。比如我爷爷当年到上海参与造国际饭店，我外婆年轻时去上海做“摇袜姑娘”，我父亲早年到黄浦江的码头捡树皮柴，我们还可以到城里卖菜、卖瓜果。当然这些“福利”本身就充满了艰辛。

即便在我成长的年代，我们仍然要比城市的同龄人付出更多的努力。早年上市重点中学，我们一个县加起来的名额可能只有十个，同样，上我这个大学，我的成绩必须要比市区同学高一到两个等级。

这种建立在信息不对称、权利不对等的基础上的城乡关系是非常脆弱的。如今我无法描述当下城里人与乡下人的依存关系，似乎越来越紧密，又似乎越来越疏离。我曾经写了一长段关于城里人与乡下人的文字，又一一删去，欲语还休。

我有时宁愿怀念那些心无杂念的日子，我在夏日的阴影里埋首敲着西瓜子，而你在凯司令的店堂里犹豫要不要买那块瓜子仁蛋糕。

靠谱地豁胖（节选）

盛韵

▶▶ 黄　浩

侧　耳　有　声

盛韵，文学博士，作家，译者，《上海书评》特约编辑。译有《音乐逸事》《伟大指挥家》《谁不爱被当成圣人对待》等。

多年前有次跟住在巴塞罗那的爱尔兰小说家科尔姆·托宾聊天，我说巴塞罗那真好啊，有山有水，不冷不热，雨水虽少却有海风吹来的湿润，皮肤不会觉得干，吃得又好，海鲜捞出来就可以直接上桌，俗话叫From sea to table……他看着一脸陶醉的我，干巴巴地挤出一句：我越来越不喜欢巴塞罗那了，游客太多。果然没多久，他就搬回了都柏林，养老还是家乡最贴心。上海也算旅游城市，但本地人没事不会去外滩，更不会去豫园，体会不到游客多的烦恼——直到最近。前法租界本是上海市中心闹中取静的宜居区域，六十四条永不拓宽的马路有四十条都在这里。大概是去日本旅游的人多了，喜欢樱花雨的人也多了，最近几年上海路边到处种了樱花树，春天开花时小姑娘老阿姨都会在树下拍照，“假装在日本”。大概是“小红书”App带动了网红特色旅游，只要拍照好看的地方都要去打卡，邬达克“借鉴”纽约熨斗大厦的武康大楼突然间被网红相中了，每到周末，原本清幽的武康路、安福路上就挤满了拿着各式手机相机的小青年，他们缓慢地随着人流挪动到一个知名打卡点，齐齐拿起手机在同一角度拍下自己的身影，然后再慢慢地挪到下一个地点。原住民就算再喜欢“轧闹猛”，也吃不消这一波波的“小僵尸来袭”，每次周末出门被挤得寸步难行时只能拍下“小红薯”们霸占永不拓宽的马路的可恶场景发到朋友圈炫耀式吐槽。唉，总算体会到了托宾的烦恼。

除了网红马路、咖啡馆、冰激凌店，上照的书店、美术馆、博物馆都可以成为热门打卡地。以前我常跟朋友唠叨对上海的不满：雨水太多（一年有近三分之一的日子都在下雨，黄梅天更是让人崩溃），近郊没有像样的山水（跟北京的香山和南京的紫金山比，海拔一百米的佘山就是个小土坡），可看的展览太少。以前每次去伦敦，最艳羡的是它的文化活动之丰富，打开《泰晤士报》，每天都有满满一两版的展览和演出信息，各大美术馆、博物馆的大展和特展不断，常去常新；歌剧院、音乐厅、话剧中心的演出多到根本挑不过来；电影院更是琳琅满目，老片新片小众片任君挑选。十几年前的上海，只有大型剧院的演出季才有重头演出，又往往一票难求，博物馆很少有特展（每逢国宝展便人山人海），像样的美术馆几乎没有，文艺生活贫乏得可怜。近几年上海突然成了当代艺术重镇，大烟囱、大油罐们纷纷涌现，蓬皮杜、泰特等欧洲大馆纷纷抢滩，双年展、当代艺博会热闹非凡，观展达人 btr 每周都有新的展览可以看。一年一度的国际电影节开票日往往造成网络瘫痪，平日里小众影展也不间断，影迷总能找到自己的菜；那些小而美的新书店的对谈活动可以填满爱书人的每个周末。精神食粮过于丰富，让人无暇顾及山水，于是我对上海的不满如今只剩下天气了。

对吃货来说，上海可以打满分。全世界的美食几乎都可以找到，从澳洲牛排到大阪和牛，从宁夏滩羊、潮汕鹅头到云南昆虫，每次出门聚餐，都有新馆子可以尝鲜。市中心地价最贵的区域，也不乏便民便宜的小菜场和小吃店，想吃米其林（哦现在换黑珍珠了）或者苍蝇馆都有不错的选择。爱吃的人特别乐意分享，私房菜也是本地一大特色。大厨在小洋房里开个几桌，把慕名而来的吃货们的胃伺候得服服帖帖，有些上海阿姨还特别霸道，不让你点菜，吃什么都听她的，她也不许你多点，不许剩菜，剩了她要不高兴，是不是嫌她烧得不好，她越是凶，你越是吃得眉花眼笑。凶也得有资本。如果有大厨的私信，在刀鱼上市的季节，还能买到现包的刀鱼馄饨（这种馄饨冷冻过会丧失大量鲜味），一对一闪送到家，现煮现吃，鲜到眉毛掉下来。

因为在上海吃得太好，几个北漂的朋友几乎每周都要飞回来吃吃吃。疫情不安稳，一个多月没法回上海，他们只好隔三差五去北京新开的新荣记。我说新荣记有什么稀奇值得这样天天去，他们说在上海只算及格，在北京这已经是顶配了。而因为疫情被困海外的上海人是最值得同情的，他们每天千思万想的是小笼包、三虾面、小龙虾、大闸蟹、鸡头米、鲜肉月饼、荔枝、榴莲，扒到嘴里的却是面包、香肠、培根、煎蛋。疫情最厉害的时候，女朋友在欧洲回国无望，每天看上海的旅游和美食视频边看边哭，我竟然没心没肺地笑了。笑完给她邮寄了一箱鸭脖鸭翅鸭胗干。

上海人，大概是承受最多地域偏见的群体了。精明势利斤斤计较等刻板印象已经在全国人民心目中根深蒂固，以至于说你不像上海人是夸奖。北方人来上海吃饭，看到分量那么少，没有不在心里嘀咕上海人小气的。其实上海人去北方吃饭也很苦恼，两个人下馆子点一盆菜就管饱，想多尝几个菜就得冒铺张浪费的风险。这让我想起日本人请客的段子：“昨天招待了一对中国人夫妇到家里吃饭。我这边遵循‘基本上要准备许多料理到对方吃不完的中式礼节’而多弄了许多菜，打算之后自己再吃掉也可。而对方照着‘一定要全部吃完才是日本礼节’而埋头苦吃。真是太悲剧了。”在他乡吃饭，一定要管理好预期。

听人说莫言有次来上海，跟一群上海人吃饭，饭毕写了个对联：齐鲁多出伪君子，江浙盛产小丈夫。地图炮开得有趣，黑人时不忘自黑，宾主尽欢。小丈夫啊小男人什么的标签早已成为上海男人的代名词，不敢打架只敢吵架，出门帮老婆拎包回家替老婆（甚至借住的女客人）洗内衣这些事远近皆知。其实上海的阴盛阳衰只是表象，底子是男女互相尊重，谁也不矮谁一头，上海男人买汏烧样样灵通，愿意分担家务，深谙 Happy wife，Happy life 的幸福诀窍，上海女人虽然“作”名远扬，但好在懂得分寸双商在线，该凶的时候凶，该嗲的时候嗲。

每隔一段时间就会有京沪比较的地域贴走红网络，最近一贴提到了上海的距离感：“不是上海人有距离感，是人到了上海就有距离感。”距离感换种褒义的表达就是建立在不同人际关系基础上的分寸感——同事之间要尊重上下班时间，同行之间要尊重行规，亲戚之间要尊重别人对生活的选择，在社交场合尊重他人的私人空间，肢体上不过度接触，跟不熟的人不要装熟。在上海的酒席上，如果有拎不清的领导威胁不喝酒的同事说“不喝酒就不是男人”，多半会被当惯了“小男人”的上海男人正面硬刚：“不是男人就不是男人。”如果有人趁醉咸猪手，多半要被厉害的上海女人请吃耳光。上海对所有人的规训，说到底无非是规则，人人都遵守规则懂得分寸，就会省心省力避免尴尬。孔夫子说的“从心所欲不逾矩”，就是规矩已经内化进了人心。

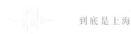

上海的衣装世界，的确会给人不小的压迫感。在颜值正义的时代，以貌取人更无需借口。女孩子出门逛街，不做指甲不化妆没有像样的鞋和包就会自己感觉低到尘埃里，连去健身房，汗流浃背依然保持妆容精致的女生也大有人在。没有丑女人只有懒女人是爱美女士的座右铭，而女为悦己者容这种鬼话已经骗不了现代女性了，女人打扮得漂亮完全是为了自己心情愉悦，如果能得到闺蜜和 gay 蜜的赞赏，那才叫得意，分不清口红质地色号的直男别说门道了，连看热闹的门槛都达不到。随着大女主的走红，曾经被吹嘘为权势女性标配的高跟鞋也失了宠，因为她们心知肚明，鞋穿在自己脚上，舒不舒服最重要，穿高跟鞋要受的罪，让名媛明星们去受吧，有自己一方天地的大女人，可以把平底鞋也穿成时髦。上海的女生都那么好看，男生也体会到了外貌焦虑，听说“00 后”小男生在护肤彩妆的消费上已不输同龄女生（据说他们从小就把妈妈梳妆台上的瓶瓶罐罐摸得门清），男性医美更是蒸蒸日上，整个好看的鼻子是求职刚需。前几天在水果店里碰到一个鼻子上贴满膏药的男生，别人问“怎么啦被打啦”，答“我先走了，刚整完容，不能流汗哦”。其实不好看的男生也不是完全没出路，只要有足够的幽默感心足够大，还可以去脱口秀大会调侃自己嘛。

说上海人排外，真的是冤枉。出挑的新上海人那么多，尤其是疫情之后，靠谱幽默接地气的温州人张文宏医生成了上海人民最爱的“张爸”。“张爸”就像定海神针，他用“瓷器店里抓老鼠”的精准防控跑在病毒前面，尽量不影响民众的正常生活。就连他的“滑头”，上海人也喜欢极了，一些话转弯抹角幽你一默地说出来，懂的都懂。人红是非多，尽管围绕“张爸”种种争议不断，上海爷叔阿姨的思路飒飒清爽丝毫不乱。“张爸”的名言是不能欺负老实人，上海人更不会欺负真正在做事的人。

上海人在大是大非上不含糊，但私底下也有不少小毛病，也爱吹牛攀比凡尔赛，本地话叫“豁胖”，不过即便吹牛也得有靠谱打底，因为“喇叭腔”多了，别人连听你吹牛的机会也不会给。能笑吟吟地看着你豁胖，那是真爱。

图书在版编目(CIP)数据

到底是上海 / 侧耳工作室编. -- 上海 : 学林出版社, 2023

ISBN 978-7-5486-1935-2

Ⅰ. ①到… Ⅱ. ①侧… Ⅲ. ①散文集—中国—当代 Ⅳ. ①I267

中国国家版本馆CIP数据核字(2023)第087529号

总 策 划 吴 茜
插 图 顾汀汀
责任编辑 许苏宜 陈天慧
封面设计 顾汀汀 海未来
装帧设计 海未来

到底是上海
侧耳工作室 编

出 版 学林出版社
（201101 上海市闵行区号景路159弄C座）
发 行 上海人民出版社发行中心
（201101 上海市闵行区号景路159弄C座）
制 版 上海商务数码图像技术有限公司
印 刷 上海颛辉印刷厂有限公司
开 本 787×1092 1/32
印 张 10.75
字 数 13万
版 次 2023年8月第1版
印 次 2023年9月第2次印刷
ISBN 978-7-5486-1935-2/I·246
定 价 78.00元